JN111224

下村敦史
Shimomura Atsushi

逆転正義

幻冬舎

見て見ぬふり　5
保護　61
完黙　101
ストーカー　139
罪の相続　175
死は朝、羽ばたく　211

逆転正義

ブックデザイン　鈴木成一デザイン室

見て見ぬふり
教室のいじめ。
僕は見て見ぬふりなんかできない！
松木冬樹は高校生。
クラスでは幼稚ないじめが行われている。
関わりたくない――でも。
良かれと思って担任に報告に行ったが、
放課後教室で「チクっただろ」と囲まれて――。

I

「――中世ヨーロッパでは魔女狩りが行われていた。厄災が起きたとき、それを招いたとされる者が魔女として吊し上げられ、拷問され、衆人環視の場で処刑されたわけだ。一般市民の告発と糾問によって、ある日突然、魔女の嫌疑をかけられる。その実態は異端の排除でもあった。自分たちの宗教の教えにそぐわない者たちを魔女とし、社会に害をなす者として吊し上げたのだ」

松木冬樹はぼーっとしながら世界史の授業を受けていた。担任教師である石澤が黒板にチョークを走らせながら語り続けている。細面で銀縁眼鏡をかけ、学者然とした顔立ちの男性教師だ。初日の自己紹介のときに年齢は三十八歳だと言っていた。

「異端審問の審問規定で密告が義務づけられていて、家族ですら告発された。魔女とされた者を庇った人間も、同類と見なされ、吊し上げられる。こうして、何人もの人々が魔女として刑に処されたわけだが、その処刑は庶民に公開された。人々は処刑を見物するために広場に集まった。当時の庶民にとって、公開処刑はある種の娯楽で、興奮するエンターテイメントでもあった。それは、処刑された人間の遺体に投石する群衆などがいたことからも分かる。つまり、魔女狩りとは――」

　早く授業が終わって休み時間になってほしい。明後日の数学の時間にある小テスト対策の勉強をしたい。数学教師は厳しく、テストの点数が悪いと、〝勉強を頑張らなかった怠け者〟としてみんなの前で叱責される。入学して間もないころ、一人立たされた状態で説教された惨めさといったら、言葉では言い表せない。

そう、それこそ――。

冬樹は黒板に目を向けた。

〝魔女狩り〟のように――。

冬樹は苦笑すると、掛け時計で時刻を確認し、適当に教科書を眺めているふりをした。

世界史の授業が終わると、十分休みになった。すぐさま数学のノートを取り出してページをめくる。

復習をはじめて少し経ったころ――。

「卍固め、卍固め！」

「行け行け！」

冬樹は椅子に座ったまま控えめに首を捻り、その光景を覗き見た。クラスメートの古島が小柄な三ツ谷にプロレス技の『卍固め』をかけており、仲間の二人が囃し立てている。

「痛い痛い！　ギブギブ！」

三ツ谷が顔を顰めながら大声でギブアップを訴えるも、古島は技を外さず、固め続けている。

高校生になっても〝プロレスごっこ〟なんて――。

子供っぽいと呆れつつ、冬樹は目をノートに戻した。ノートは重要な数式がマーカーで丁寧に強調してあり、一目で要点が分かるようになっている。

頭の中で数式を繰り返していると、また騒ぎ立てる声が耳に入ってきた。

冬樹は内心でため息を漏らしながら顔を向けた。

仲間の一人が三ツ谷を羽交い締めにし、その前に立つ古島が自分の右腕を胸の内側に溜めている。

小動物をいたぶるように間を置き、そして——。

古島が三ツ谷の胸に水平チョップを叩きつけた。ドンッと鈍い音が響く。

「うっ——！」

三ツ谷が顔を歪めた。

古島が二発目を繰り出そうとして躊躇を見せた。ふいに周囲の目を意識したのか、ちらっと周りに視線を走らせた。クラスメートたちは全く興味を示さず、視界にも入れていない。みんな数人の男子グループ、女子グループ、男女のグループ——あるいは一人ですごしている。

冬樹はまた勉強に戻った。

だが、三ツ谷へのいじめはますます激しくなっていった。

昼休みになると、古島が楽しそうに笑いながら三ツ谷の弁当を取り上げ、高々と掲げた。

「今時ママの弁当なんてマザコンかよ！」

古島はからかいながら弁当の蓋を開け、そのまま黒板のほうへ近づいていき——。

弁当の中身をゴミ箱に捨ててしまった。

教室の片隅でたむろしている女子グループの中から、「うわっ」と小声が漏れた。

「——さすがにやりすぎじゃない？」

非難の囁きは小さすぎ、おそらく古島たちの耳には届いていないだろう。

女子グループもいじめを直接咎(とが)めることはせず、すぐさま自分たちの会話に戻ってしまった。

見て見ぬふりか――。

一瞬、批判的な感情が芽生えたものの、それは自分も同じだと思い直した。

三ツ谷がいじめられるようになった原因は何なのだろう。

いわゆる陽キャに属する古島たちと、根暗な雰囲気を纏(まと)った三ツ谷は不釣り合いな気はしていた。とはいえ、一学期は四人グループで仲良くしていたはずだ。新学期になってしばらくしてから、突然いじめがはじまった。

まあ、いじめのきっかけなんて、あってないようなもので、ほんの少しでも加害者たちの〝気に食わない何か〟があれば、いきなり理不尽に起きるものかもしれない。ＳＮＳ(ツイッター)をしていても、自分が不快というお気持ちに何かしら正当性をこじつけ、他人を平然と傷つける言葉を吐いている連中は大勢いる。自分自身、他愛もないツイートに言いがかりの暴言や嘲笑が送られてきた経験もある。

古島は空になった弁当箱を持って三ツ谷のもとへ戻り、高笑いしながら机の上に「ほらよ！」と置いた。

今時、小学生のようないじめだ。

三ツ谷は悲しげな顔つきで弁当箱を睨(にら)みつけていた。

古島たちは満足げにハイタッチをすると、「購買、行こうぜ」と教室を出て行った。

ぽつんと自分の席に取り残された三ツ谷は、打ち捨てられた雑巾のように惨めに見えた。

2

国語と英語の授業の合間の休み時間――。

冬樹は数学のテスト勉強を中断し、いじめを横目で窺っていた。昨日と同じく、教室の廊下側の窓際で三ツ谷がまた羽交い締めにされている。

古島が三ツ谷の制服のズボンに手を伸ばし、ベルトを外して一気に引き下ろした。柄物のトランクスが丸見えになる。

「やめてよ……」

三ツ谷が弱々しく漏らす。

女子グループがちらちらと覗き見ていた。嫌悪の表情は、いじめ行為に対してなのか、男子の下着姿に対してなのか――。顔つきからは判然としなかった。

古島が戦利品のごとくズボンを掲げ、窓の外の廊下の生徒たちにも見せびらかすようにしている。

「最後までいっとく?」

仲間の一人がからかうように笑いながら、三ツ谷のトランクスに手を近づけていく。

三ツ谷が身じろぎした。

押さえつけている仲間が囃し立てる。

「皮、被ってんのか、確認しようぜ」

口ではそう言ったものの、さすがにそこまではやりすぎだと考えたのか、三ツ谷の前に立つ仲間はトランクスを下ろしたりはしなかった。だが、すでに充分な辱めになっていて、三ツ谷は泣き顔だった。

冬樹は机の上でぐっと拳を握り締めた。

クラスの中で——目の前で行われるいじめに、胸の内がざわついた。

自分自身、いじめとまでは言えないものの、中学校のころにクラスのリーダー的な存在に目をつけられ、女子を含む数人の集団から小馬鹿にされたり、からかわれたり、嫌な思いをしたことがある。一時期は不登校も考えた。

たまたま標的(ターゲット)が別のクラスメートに移り——教室の片隅でおとなしくイラストを描いている男子だった——、解放された。当時はそれで安堵し、その後は見て見ぬふりを続けた。結局、新しい〝生贄(いけにえ)〟となった男子はやがて学校に来なくなった。その後はどうなったか知らない。授業を受けていないのだから、高校に進学できなかったのではないか。今も引き籠り生活を続けているかもしれない。

見て見ぬふりは、もう——。

冬樹は下唇を嚙(か)み締めた。

いじめが人の人生を狂わせたり、死に追いやったりすることは知っている。ニュースでもいじめ自殺は数え切れないほど報じられているし、インターネットでも記事はよく目にする。

二年前にはこの高校で自殺した男子生徒もいたという。入学前の話だが、地元の中学生たちでも知っている程度には、わりと騒ぎになった記憶がある。

見て見ぬふりをした結果、三ツ谷が自殺してしまったら――。

一生、後悔するだろう。

冬樹は覚悟を拳に握り締めると、そっと席から立ち上がった。後ろを振り返らないようにし、さもトイレにでも行くふうを装って教室を出る。

息が詰まるような空気から解放され、ふうと安堵の息が漏れる。

一呼吸置いてから歩きはじめる。他クラスの生徒たちがグループになっている廊下を通り、北側にある職員室へ向かう。四角いガラス付きの戸は閉められている。

冬樹はノックしてから戸をスライドさせた。

「失礼します」

一礼してから職員室に踏み入った。整然と並べられた各デスクの前で教師たちが席に座っている。普段来ることがないから、どことなく威圧感を覚える。

見回すと、奥の席に担任の石澤がいた。

冬樹は石澤の席にまで歩いていき、「石澤先生……」と呼びかけた。石澤は「ん？」と顔を上げた。

怪訝(けげん)そうな一瞥(いちべつ)を寄越され、声が喉に詰まる。

「どうした？」

「あ、いや――」

いじめを密告(チク)ったとバレたら、どうなるだろう。次は自分が標的(ターゲット)になるかもしれない。

しかし――。

決意してここまで来たのだ。

冬樹は緊張の息を吐き、重い口を開いた。

「実はクラスでいじめが――」

いじめ、という単語を口にしたとたん、石澤の表情が一変した。一重の細目がますます細まり、睨むような顔になる。

「待て」

石澤は人目を気にするように職員室内を見回すと、先週の誕生日にクラスの女子たちからプレゼントされた置時計――子犬を模したデザインだ――に目をやった。時間を確認してからペンをデスクに置いた。大きく息を吐きながら立ち上がる。

「奥で話すか」

返事も待たず、背を向けて奥の部屋へ歩いていく。

冬樹は一瞬、立ちすくんだ。だが、気を取り直して後を追いかけた。奥の部屋に入り、ドアを閉めて向き直る。

中央に長テーブルが置かれ、数脚のパイプ椅子が並んだ相談室だ。石澤はホワイトボードの前に立っていた。

石澤が「で？」と訊いた。

二人きりで担任教師と向かい合っていると、密告の気配が強まり、緊張を覚えた。正しいことをしようとしているのに、なぜか万引きでもしようとしているような後ろめたさを感じた。

「実は――」

口を開こうとしたものの、うまく言葉が出てこない。

「何かあったのか？」

「先生に相談が……」

言葉を濁し、反応を窺う。〝いじめ〟という単語はさっき口にしたのだから、先生のほうが察して水を向けてほしい。

だが、石澤は何も言わず、目を眇めただけだった。完全に〝待ち〟の姿勢だ。振り絞った勇気に冷や水を浴びせかけられているような気がする。それでも、女子たちに誕生日プレゼントを贈られるくらいには慕われているし、悪い事態にはならないはずだ、と自分に言い聞かせる。

冬樹は深呼吸して意を決した。

「クラスでいじめが――」

石澤は眉を寄せた。

「……誰がいじめられてるんだ」

「三ツ谷君です。少し前からなんですけど、古島君たちにいじめられています。毎日プロレス技をかけられたり――」

「三ツ谷――」

「はい」

「……それはよくある男同士のじゃれ合いじゃないのか？　三ツ谷と古島は一学期からつるんでる友達だろ。先生も小学生のころは友達とプロレスごっこをしたもんさ」

「でも先生！」冬樹は前のめりになった。「お弁当を捨てられたり、羽交い締めにされてズボンを脱がされたり——」

石澤が眉間に皺を刻んだ。

「……そりゃ、ちょっと悪ふざけがすぎるな。三ツ谷はどんな感じなんだ？」

「嫌がっています。泣き顔で——」

「そうか……」

石澤は苦悩を噛み締めるように長テーブルの一点を睨みつけた。しばらく沈黙が続く。

「あの……」

冬樹は焦れて声をかけた。石澤がゆっくりと顔を上げる。だが、言葉を探しているかのように黙りこくっていた。

今度ははっきりと言った。

「あれはいじめです」

石澤が「うーむ」とうなる。「まだ状況が分からんし、この目で見たわけじゃないから適当なことは言えん」

「でも、先生——」

「まあ、待て」石澤は手のひらを差し出した。「何もしないとは言ってない」

「……はい」

石澤は人差し指でこめかみを掻いた。

「とりあえず、先生がこの目で確認するよ」

「お願いします」

「松木もよく勇気を出して教えてくれたな」

「いえ。でも、僕のことは――」

「分かってる。松木の名前を出したりはしないから、心配するな。噂が一人歩きしてもよくないし、この件は先生に任せてくれ」

チャイムが鳴った。石澤が壁のスピーカーを見上げ、横の掛け時計に目を移した。

「……ほら、授業に遅れるぞ」

「はい」

冬樹は職員室を出ると、自分の教室に帰った。室内に入ったとたん、隣の席の三ツ谷を小突いていた古島の一瞥があり、一瞬、目が合った。

冬樹はとっさに目を逸らした。

心臓はばくばくと高鳴っている。額から滲(にじ)み出た脂汗の玉が鼻筋を伝い、唇に触れた。塩っぽい味がした。

古島と目が合ったのは偶然だと分かっている。たぶん、いじめをしている後ろめたさから、教室に入ってくる人間を常に警戒していただけだろう。

だが、担任教師に密告(チク)ったことが見抜かれていそうで、怖かった。バレたら次の標的(ターゲット)になってしまう。

冬樹は素知らぬ顔を繕って自分の席に着いた。同時に英語の教師が教室に入ってきた。さりげなく横目で窺うと、古島たちはもういじめをやめていた。

教師に見られたらまずいと自覚があるのだ。

英語の授業が終わって休み時間になると、またいじめが再開された。

古島が三ツ谷の教科書を取り上げ、マジックで落書きしている。おそらく、『死ね』とか『バカ』とか『アホ』とか『キモイ』とか、そんな罵倒の言葉を書きつけているのだろう。

三ツ谷は仲間に羽交い締めにされ、もう一人に小突き回されている。

冬樹は彼らから視線を外した。

何げなく教室の外に目を向けたとき、後ろのドアの小窓に石澤の顔を見つけた。目を細め、いじめをじっと凝視している。

冬樹は目を瞠(みは)った。

様子を見に来てくれたのだ。教室内のいじめを目の当(ま)たりにしたら、大袈裟(おおげさ)な話ではなかったと分かってくれるだろう。いじめは先生がやめさせてくれる。これで一安心だ。

ほっと胸を撫(な)で下ろしたときだった。石澤はぷいっと顔を背け、歩き去ってしまった。

思わず「あっ」と声が漏れる。

いじめを確認したのだから、止めに教室へ入ってくると思っていた。激しくドアを開け、音で全員が振り返ったとたん、「古島！」と怒鳴る。愕然とする加害者三人に向かって、「何してる！」と一喝する。そんな光景を想像した。

だが――。

石澤は立ち去ってしまった。

なぜ？

さっきはいじめを伝えた勇気を褒めてくれたではないか。しっかり話に耳を傾けてくれたのに——。

いや、と内心でかぶりを振る。

まず様子を確認して、何かの準備を整えて、それから対応するつもりなのかもしれない。いくらなんでも目の前のあの光景を見て無視はしないだろう。

昼休みもいじめは続いた。授業の合間の十分休みより時間がある分、いじめ方は本格的で、執拗だった。弁当はもちろん、ノートまでゴミ箱に捨ててしまう。

石澤がドアの小窓から覗き見ていることに気づいたのは、古島が黒板消し同士を叩き合わせて粉塵を三ツ谷に浴びせて仲間と笑い合っているときだった。咳き込む三ツ谷の姿が苦しげで、痛々しかった。

さすがにこれは悪ふざけではなくいじめだ、と先生も分かってくれるだろう。すぐに止めに入ってきてくれるはず——。そう期待した。

三ツ谷たちから目を戻したときには、石澤の姿が廊下から消えていた。

昼休みが終わり、世界史の時間になると、石澤が教室に入ってきた。教卓の前に進む途中、片隅のゴミ箱にチラッと視線を落とした。担任教師の一挙手一投足に注目していないと気づかないほどのさりげなさだが、しかし間違いなくゴミ箱を視認した。弁当の中身やノートが捨てられているゴミ箱を——。

しかし、石澤はそれに一言も触れることなく、授業をはじめた。

「よーし、じゃあ、前回の続きからなー」

石澤は教科書を取り出し、語りはじめた。

「魔女狩りの話だが――」

問題を解決してくれるのが担任教師だと思っていた。

まさか、見て見ぬふりをするのか――。

自分がいじめの被害者ではないのに、打ちのめされた気分になった。無力感と失望に胸を掻き毟(むし)られる。

勇気を振り絞っていじめを伝えたのに、無駄だった。

冬樹は唇を噛み締めた。

五時間目、六時間目が終わると、冬樹は教科書とノートを鞄(かばん)に詰めた。嘆息しながら鞄を取り上げ、席を立つ。その瞬間、背後に複数の足音が広がった。

冬樹ははっとして振り返った。

目の前に古島たち三人が立ちはだかっていた。友好的な顔つきではなかった。

緊張で動悸がする。その鼓動が古島たちに聞こえているのではないか、と思うほどだった。

「あ、あの……」

口内が干上がっていて、声はかすれていた。

なぜ古島たちがやって来るのか。

唇を真一文字に結んだ古島は目を眇め、斜めから睨みつけるようにした。

放課後の教室のざわめきが遠のき、帰り支度をしているクラスメートたちが周りに何人もいるにもかかわらず、静寂を感じた。

「な、何か……?」

しどろもどろになっていることを自覚しながら、不安とプレッシャーに耐えかねて訊いた。

「あのさ……」古島が口を開いた。「お前、先生にチクっただろ」

「え?」

冬樹は思わず拳を握り締めていた。手のひらの中は汗でぬめっており、気持ち悪かった。

「チクるって、何を――」

「俺らのことだよ。絶対(ぜってえ)チクったよな」

「僕は何も――」

「嘘つくなよ。お前がさ、休み時間に職員室に入っていくのを見たって奴がいるんだよ」

どくん、と心臓が波打つ。

古島たちが包囲するように距離を詰めてきた。

冬樹は後ずさりしようとし、腰が自分の机にぶつかった。逃げ場はなかった。

「奥の部屋で先生と何を話してたんだよ?」

「分かってんだぞ、松木」

「隠しても無駄だからな」

三人が口々に詰問する。

明日の教室で三ツ谷の代わりにいじめられる自分の惨めな姿が脳裏に浮かび上がる。

――絶対に嫌だ。

「テ、テストが近いから！」つい大きな声が出た。「それで、分からない問題を先生に訊こうとして、職員室に行っただけだよ」

「……ふーん」

嘘を見抜こうとするような古島の猜疑の眼差しが冬樹の体を這い回る。

冬樹は落ち着かなげに身をよじった。〝魔女〟として自白を迫られている気がする。認めた先に待っているものは――。

「それで別に松木をどうこうしようってわけじゃねえし、正直に言えよ」

「正直も何も――」

「先生とどんな話をしたんだよ」

「だからテストの話を――」

「いやいや、そういうの、いいから。別に責めないから正直になれよ」

甘い囁きを鵜呑みにしたら、きっとひどい目に遭う。シラを切り通すしかない。

「知らないよ、何のことか」

否定すると、古島は苛立たしげに髪を掻き毟った。

冬樹は視線を逸らしたくなる衝動と戦った。後ろめたさを見せてしまったら、密告がバレてしまう。

なぜ自分がこのように脅されなければならないのか。怯えさせられていることに惨めさを覚える。

冬樹は怒りを拳に握り、古島をキッと睨み返した。

「知らないよ、何も」

はっきりと答えた。それが精いっぱいの――今の自分にできる精いっぱいの抵抗だった。

古島たちは言葉をなくしたようだった。わずかに戸惑いが窺える。しばらく睨み合うような間があった。

根負けしたのか、古島が「……行こうぜ」と仲間二人に促した。鞄を背中に背負い、揃って教室を出て行く。

冬樹は安堵の息を吐き出した。緊張が抜けると、膝が笑っていることに気づいた。怯えを三人に悟られていなければいいが――。

それにしても、まさか密告を疑われるとは思いもしなかった。もし石澤先生がこのタイミングでいじめを問題視し、古島たちを呼び出したりしたら――。

いじめのことはクラスの誰もが知っているとはいえ、密告の犯人として真っ先に疑われるだろう。

いじめを嫌悪しておきながら――何とか止めたいと思いながら、保身ばかり考えている自分に嫌気が差す。

無力だ。自分は一体どうすればいいのだろう。

ふと背中にへばりつく視線を感じて振り返ると、席に座ったままの三ツ谷が咎めるような眼差しでじっとこちらを見つめていた。

3

翌日もいじめは続いた。高校生にもなると、みんな自分のことで忙しいのか、クラス全体で三ツ谷たちを見て見ぬふりしているようだった。

頼りにしていた担任の石澤は、たまにドアの小窓から教室の様子を確認していたものの、何も行動を起こさない。

冬樹は拳を固めた。

古島たちに密告がバレなかったことはよかったが、いじめは全く解決しない。むしろそのせいか悪化したようにも思う。

自分は最低限の行動は起こした、と心の中で言いわけし、今は他のクラスメートたちと同じようにいじめを見て見ぬふりしている。

だが――。

本当にそれでいいのか。

授業にも集中できず、自問自答する。いじめに巻き込まれたくないと思う一方、このままではいけないと義憤を覚える。

傍観者でいる自分が許せない。

授業が終わると、冬樹は卓球部の部室へ向かった。三年の先輩二人、二年の先輩一人、一年は自分だけ——という廃部寸前の部活なので、普段は活動していない。

顔を出すと、部室で三年の前川芳郎がパイプ椅子に腰掛けて週刊漫画雑誌を読みふけっていた。

「よう、松木」前川は漫画雑誌から顔を上げると、気さくに挨拶した。「久しぶりじゃん」

「お久しぶりです」

「今日は他に誰もいないぞ」

「そうなんですね」

「部活しに来たのか？」

「いえ——」

「じゃあ、何しに来たんだよ」

「実は——」冬樹は一呼吸置いた。「前川先輩に相談したいことがあって」

前川が小首を傾げる。

「……勉強は勘弁な」

「勉強じゃないんです」

「じゃあ、何だよ」

「クラスで——」

「クラスで？」

「……クラスメートがいじめられてるんです。誰も止めないし、思い切って先生に相談したんですけど——」

前川が鼻で笑った。

「何もしてくんなかったろ？」

「はい……」

「だろ。うちの高校、事なかれ主義だからなあ。生徒が自殺しても、いじめはありません、って言い張って」

「あっ、その噂、本当だったんですか……」

「俺が一年のときに起きてさ。隣のクラスの奴だったけど、自殺したって。当時は結構な騒動になったなー。まあ、いじめは否定されて、そのまま風化したけど」

地元の新聞で報じられて問題になったものの、なぜか町全体でタブーのようになり、大っぴらに語るのがはばかられるような空気が蔓延していたことを覚えている。加害者の一人が地元の有力者の息子だったとか、様々な憶測がまことしやかに流れていた。

「教師も校長も腐ってるよ。学校なんてそんなもんだ」

「ニュースとかでいじめ自殺が報じられても、とにかく、否定、否定――ですもんね。いじめを認めてる学校のほうが少ない気がします」

「ムカつくよな。生徒には、道徳とか何とか教えておきながら、自分たちは正反対のことしてるんだからな。教育委員会の記者会見とか、保身しか考えてねえ」

「……僕、どうしたらいいんでしょう？」

「いじめ、ひどいの？」

「はい。三人組なんですけど、格闘技の技をかけたり、羽交い締めにしてズボンを脱がしたり、弁当の中身やノートをゴミ箱に捨てたり――。本人が嫌がってるのにゲラゲラ笑いながらいじめ続けてるんです」

「クズだよな」

「何とかやめさせたいんですけど、先生にチクったって疑われてて、目立つのも怖くて――」

「目をつけられたくないもんな」

「すみません……」

冬樹は唇を噛み、床を睨みつけた。

「責めてねえよ。誰だってそうだろ。いじめなんてする連中、馬鹿ばっかりだよ」

前川は週刊漫画雑誌を閉じると、目を細め、冬樹をぎろりと睨みつけた。

「そいつらの名前は？」

怒りを噛み殺したような低い声だった。

「え？」

「加害者三人だよ」

「名前を聞いてどうするんですか？」

「相応の罰を与えるんだよ」

「罰って――」

「そういう連中はしっかり罰を与えるべきだ。社会的制裁ってやつだよ」

社会的制裁――。

何となく語感がそら恐ろしく、髪の生え際に脂汗が滲み出た。

「炎上した奴が吊し上げられる光景、お前だってSNS（ツイッター）してたらよく見るだろ。何年も前に女に暴言を吐いてたイケメンアイドルとか、差別発言していた漫画家とか、いじめを自慢していた有名人とか、不倫した芸能人や女優とか」

「でも、それと今回のいじめとどういう関係が——」

「だからさ、そいつらを晒してやるんだよ」

「晒すって——」

「一時期、流行ったろ。コンビニの冷凍ボックスに顔を突っ込んだり、テーブル席の箸を舐め回したり、厨房で汚えことしたり——。馬鹿なまねしてる動画を面白がってネットにアップして、それが拡散して大炎上。バイトはクビ。損害賠償で何百万ってさ」

「ありましたけど……」

「同じことをしてやるんだよ。匿名でいじめを告発して、加害者たちに社会的制裁を加えるんだ。自分の行いに罪の意識がない人間も、ネットで大勢から袋叩きにされたら反省して、謝罪してるだろ」

「たしかに……」

「分かったら、三人の名前とか情報、教えてくれ」

不満を愚痴るくらいの気軽な調子で相談してこんな大きな話になるとは、想像もしなかった。答えるのに躊躇する。

「教えろよ。俺、そういうクズ連中、許せねえんだよ。ほら、俺、正義感、強いし」

前川は自分を誇るように言った。次第に口調が熱を帯びてくる。

「いじめなんてする連中、見て見ぬふりできねえだろ？」

否定を許さない強硬さがあった。

「はい、まあ……」

同意するしかなかった。

「だよな。とにかく、名前教えろよ。別に本名まで晒そうってわけじゃねえんだから」

「……そうなんですか？」

「イニシャル使うからさ。それとも、自分が晒したって疑われるとか心配してる？」

「それは……」

「心配すんなって。いじめはクラスでもみんな知ってんだろ。誰かが別の学校の友達に話したり、親に相談したりしてる可能性もあるんだし、晒した人間なんて特定できねえさ。自分じゃないって言い張ればバレねえよ」

冬樹は視線をさ迷わせた。

「松木は加害者側じゃないもんな？　言えるよな？」

当然、加害者の味方をしているわけではない。

自分に自白を迫った三人の憎々しい顔が、そのときの惨めさを伴って脳裏に蘇(よみがえ)る。

「……中心は古島大介(だいすけ)です。仲間は平塚聡(ひらつかさとし)、室井富雄(むろいとみお)。加害者はこの三人です」

前川は親指を立てた。

「よっしゃ。後は任せろ」

前川はスマートフォンを取り出すと、慣れた手つきでタッチし、操作した。

「まずはツイッターで捨てアカを作ってだな……」

捨てアカとは、メインのアカウントではなく、いつでも簡単に捨てられる適当なアカウントのことだ。気に入らない有名人や、炎上した誰かに対し、捨てアカで誹謗中傷をツイートしている人間は数多い。

「で、後は〝告発〟をツイート、っと」

冬樹は前川のそばまで歩み寄り、「どんな内容にしたんですか?」と訊いた。

前川がスマートフォンの画面を見せる。

『#拡散希望　#いじめ　うちのS高校でいじめが行われてます。男子生徒が殴られたり、服を脱がされたりしています。加害者は〇〇シマダイスケ、ヒラツカ〇〇〇、ムロイ〇〇オです。許せないです』

同じ問題に興味を持っている人々が見つけやすいよう、『#』の記号でハッシュタグがつけられている。しかし、何より驚いたのが加害者たちの名前だった。

「ちょっ、先輩……」

前川が「何だ?」と首を傾げた。

「いや、名前、これ、イニシャルじゃないですよね? 本名だし、カタカナで……」

「伏せ字にしてんじゃん」

「伏せ字って……こんなの、うちの学校の誰かが見たら一発で特定されますよ」

「匿名のアカウントが『加害者はAとBとCです』なんてツイートして、誰が興味持つ? 具体性がなきゃ、誰も乗っていってこねえだろ」

「それはまあ……」

「だろ」前川は再びスマートフォンを操作した。「次は、このツイートを匿名掲示板にリークする。一人でも多くの人間がこの告発を見つけて、拡散してくれたらオーケー」

前川の案に賛同して三人の名前を教えたとはいえ、話がどんどん外へ向けて大事(おおごと)になっていく気がして、漠然とした恐れを感じた。それでも、こんな捨てアカのツイートなど誰も気に留めないだろう、という思いもあった。

だが――。

五分ほど経ったとき、前川が「おっ」と声を上げた。スマートフォンを確認する。

「通知が来はじめたぞ。反応あり」

スマートフォンを見せてもらうと、最近人気のママタレの拡散(リツイート)をきっかけにツイートが注目されたらしく、意外なほど大勢が反応しはじめていた。

『クソ野郎どもだな。こういう奴らは社会的に殺すべき！』

『いじめなんて表現、生温(なまぬる)いわ。そんなのは犯罪だろ。絶対許すな！』

『加害者にも同じことしてやれ！』

『S高ってどこ？』

『特定班、早(は)よ』

『〇〇シマダイスケ、ヒラツカ〇〇〇、ムロイ〇〇オって誰？　フルネームの漢字は？』

ツイートが広まるにつれ、大勢の興味は加害者三人の名前に移っていた。

『告発が事実なら実名をちゃんと出すべき』

『絶対に許すな！　逃げ得を許すな！』

『中途半端に隠すなら最初からツイートするなよ』

『伏せ字の部分は？』

『実名明かして社会的罰与えてやらなきゃ』

ツイッターには一瞬にして人々の怒りがあふれていた。いじめの動画があるわけではなく、真偽も定かでない告発のツイート一つでネットの大多数が義憤の怒声を上げている状況は、どこか異様だった。

「いい感じだな」

前川はその状況にも全く動じる様子がなかった。

「後は俺に任せておけよ」

「……はい」

「じゃあ、また明日な」

冬樹は部室を出ると、そのまま帰宅した。自室でベッドに寝転がり、スマートフォンでツイッターを確認する。

リツイート数は千八百。それだけの人数が自分のアカウントで拡散している、ということだ。告発のツイートはそれぞれのフォロワーのTL（タイムライン）に流れているから、一万人以上が目にしている。

とんでもないことになってしまった——。

今さらながらに不安が押し寄せてくる。

恐れおののきながらも風呂に入り、母が用意した夕食を食べ、再び自室へ戻った。

前川が作った捨てアカウントを確認する。二つ目のツイートがされていた。

『#拡散希望　#いじめ　都立新明高校でいじめをしている加害者は、一年三組の古島大介、平塚聡、室井富雄です。何もできない自分が悔しくて涙が出ます。いじめを止める勇気もなく、自分にできるのはこうして告発するだけです』

どうして本名が――。

手が震え、スマートフォンを落としそうになった。

本名を出したことで、ツイートからわずか三十分しか経っていないにもかかわらず、三千三百リツイートもされていた。

冬樹はツイートをじっと眺めた。スマホの画面を通して、見慣れたツイッターに表示される三人の名前は、まるで重大事件で逮捕された加害者たちのように見えた。青白い光を放つ画面の中でそこだけくっきりと浮き上がっているように思えた。

標的（ターゲット）が明らかになったから、さらに大きな怒りが押し寄せている。

『#都立新明高校　#いじめ　古島大介、平塚聡、室井富雄のクラスは一年三組。絶対に許すな』

『もっと情報、暴け！』

中には、『新明高校へこの怒りの声を伝えよう！』と高校の電話番号やメールアドレスを記している活動家じみた弁護士のツイートもあった。

炎上――。

なぜこんな大事になったのか。文字どおり、人々の怒りの炎が燃え盛っていた。実名が燃料となり、大炎上していた。

自分が吊し上げられているわけではないのに怖くなり、スマートフォンを裏返して枕に押しつけた。息を吐き、部屋を見回すと、そこはいつもの自室だった。ＳＮＳ（ツイッター）の炎上とは無縁の現実――。

しばらくは逃避できた。

気持ちが落ち着くと、冬樹は前川に電話した。

「先輩。これ、ヤバくないですか……」

冬樹は恐怖を覚えながら訊いた。

「何で？　狙いどおりじゃん」

「え？」

「伏せ字入りの不充分な告発で世間が納得するわけねえじゃん。名前が分からなきゃ、制裁も加えられないし、胸糞悪い話を聞かされただけで、もやもやして終わりだろ」

「ツイッター、おさまりつかない感じですよ」

「匿名じゃ、社会的制裁にならねえじゃん。こういうクズどもは晒してやらなきゃ。正義の鉄槌（てっつい）だよ」

正義の鉄槌――。

その響きに罪悪感も不安も少し和らいだ。

「ですね……」

「だろ。俺らは正しいことをしたんだよ」

冬樹は前川の言葉を胸に刻み、電話を切った。

寝る前に改めてネットの様子を確認すると、古島大介のFacebookが特定されていた。実名登録が規則のSNSだから、プロフィールの高校名と合わせて本人だと確定したらしい。

ツイッター上には古島大介の顔写真――本人がFacebookにアップしていた私的な写真――も晒されていた。夏休みに浜辺で複数人で撮った写真では、他のメンバーにモザイクこそかけられていたものの、『平塚聡と室井富雄はこの中にいるんじゃないか』と追及されている。

古島大介のFacebookには、罵詈雑言のコメントが殺到していた。

『人間のクズ！　死ね！』

『最低のゴミ野郎。生きてる価値なし』

『顔キモイ。ザ・いじめする奴の顔って感じ』

『社会に存在すんな、クソ野郎！』

今や、いじめはクラスの中の問題ではなくなり、世間を巻き込んで容易におさまりがつかない局面に来ていた。

だが、その一方、世間の人々が三ツ谷へのいじめに対する自分の感情を代弁してくれている気がして、胸がすくような痛快さを覚えた。

4

登校すると、心なしかクラスメートたちがざわついているように思えた。

冬樹は鞄を机に置き、席に着いた。

耳を澄ますと、グループの一部から「SNS（ツイッター）で……」と単語が漏れ聞こえてきた。昨夜の炎上はクラスメートたちの知るところになったのだと確信した。

冬樹は教室の中をさりげなく窺った。

三ツ谷の周りに古島たちの姿はない。三人はそれぞれ自分の席で縮こまるようにしていた。古島たちは虚（うつ）ろな瞳で教科書やノートを見つめている。焦点は合っていない。おそらく、居心地の悪さを誤魔化すために勉強しているふりをしているのだろう。

クラスメートたちも、ときおり古島たちを盗み見している。眼差しには非難と侮蔑の棘（とげ）があった。

冬樹は自分が晒し行為に関わっていると悟られないよう、素知らぬ顔を作って授業の準備をはじめた。

休み時間になっても、昼休みになっても、古島たちは三ツ谷に群がったりはしなかった。自分たちの立場が理解できているのだろう。いじめを続けたら、加害者たちは全然反省していない、と新しい告発があるかもしれない。そう怯えているのだ。

いじめが止まった――。

冬樹は机の上で拳を握り締めた。

自分は正しいことをした――。

冬樹は自分にそう言い聞かせた。荒っぽい手段だったが、結果的にはいじめを終わらせることができたのだ。自分は何も間違ってはいなかった。

学校が終わると、鼻歌を歌いながら帰宅した。

ベッドに寝転がり、ツイッターの様子を確認した。本名が晒されている古島たちへの罵詈雑言はどんどん激化している。

「ヤバ……」

思わず独り言が漏れた。だが、言葉に反して自分の口元が緩んでいることに気づき、誰に見られているわけでもないのに慌てて唇を結んだ。

三日目になると、古島は不登校になり、登校している平塚と室井も憔悴しきった顔になっていた。四日目には揃って全員が学校を休んだ。

いじめの加害者がクラスから消えた——。

仄暗い喜びが胸を浸した。

加害者たちは〝正義の鉄槌〟を受け、教室に平和が訪れたのだ。

冬樹は振り返り、三ツ谷の顔を盗み見した。彼は下唇を噛んだまま、机をじっと睨みつけている。いじめから解放された彼の顔に喜びはない。

なぜ表情が暗いのだろう。

ふいに感じた苛立ち——。

冬樹は拳を握ると、席を立ち、三ツ谷の机に近づいた。机に影が覆い被さったことで三ツ谷が顔を上げた。

「……よかったね」

冬樹は声をかけた。

三ツ谷は当惑した顔で「え？」と訊き返した。

「いや、ほら、古島君たちが来なくなったし」

三ツ谷は唇を結び、視線を逸らした。

「……嬉しくないの？」

尋ねると、三ツ谷は苦悩が滲んだ顔で答えた。

「何も嬉しくないよ」

「どうして」

思いのほか大きな声が出てしまった。

「……今、世間がしてることを知ってる？〝攻撃を加えても許される標的（ターゲット）〟だって分かったとたん、ストレスの捌（は）け口にするみたいに好き放題、罵倒して……」

まさか被害者本人からそんな言葉が返って来るとは思わなかった。

冬樹は戸惑いながら反論した。

「でも、いじめの加害者だ。自業自得だよ」

「自業自得――」

「そうだよ。いじめをしてたんだから、それなりの報いを受けるのは当然だよ」

三ツ谷は間を置き、冬樹に顔を向けた。訴えかけるような彼の視線と交わる。

「だったら――今、古島たちをいじめてるネットの大勢には、誰が報いを与えるの？」

「報いって――」

三ツ谷の言い分が理解できず、つい笑ってしまう。

「いじめを知った大勢は、悪を批判しているだけで、古島君たちをいじめてるわけじゃないよ」

三ツ谷が小首を傾げた。

「そうかな……？」

「そうだよ」冬樹は即答した。「正しい行為だ」

三ツ谷はまぶたを伏せた。

「でも、ツイッターで古島たちを叩いてるのは赤の他人だし、部外者だし、第三者だ。自分たちが正しいと思う理由さえあれば、誰かをどんなに攻撃したり罵倒したりしても、いいってこと？」

「いや、そういう言い方は卑怯だよ」

「そういうことでしょ？　じゃあ、どういう理由ならいじめてよくて、どういう理由ならいじめてよくないの？　それは一体誰が決定するの？　いじめる側のお気持ち？」

「批判はいじめじゃないから」

「いじめじゃない――」

今度は三ツ谷がおかしそうに笑った。

「……何？」

声に苛立ちの棘が籠った。

三ツ谷はどこか冷笑するような口ぶりで答えた。

「それって、いじめの加害者と同じ理屈だって気づいてる？　被害者がいじめだと感じたらいじめになるんじゃなかった？　世の中の正しい人たちはそう主張してきたよね？　死ね、とか、クズ、とか、キモイ、とか、それが批判なの？　罵倒が自分の中で正当化できたら、好き放題、浴びせていいの？」

　何かが乗り移ったようにまくし立てる三ツ谷――。

「違うって！」

　三ツ谷の論理に呑み込まれないようにするには、大声で反発するしかなかった。クラスメートの数人が驚き、振り返った。だが、すぐ自分たちの談笑に戻った。

　三ツ谷の綺麗事を認めてしまったら、自分がしたことは――。

「いじめでも差別でも、みんな、間違ってるって思いながらしてる人間はほとんどいないんだよ。自分は正しいことをしてる、って本気で思い込んでる。で、その正しさを疑おうとはしない、絶対に。なぜなら、その行為は無条件で正しいことだから」

　虚ろな目で言葉を吐き出す三ツ谷に気圧（けお）され、冬樹は声を失った。

　三ツ谷がなぜここまで綺麗事を言うのか、助けようとした人間を逆に責めるのか、理解できなかった。

　三ツ谷は部外者ではない。当事者だ。いじめの被害者だ。いじめの被害者にそんなことを言われたら、どんな反論の理屈も無意味になってしまう。

　ずるい――。

　冬樹はただじっと三ツ谷を見つめ続けた。

5

翌日、冬樹は、胸の中を搔き回されるような気分を引きずったまま登校した。三ツ谷の言葉を受けてからSNS（ツイッター）を見る気が起きず、まったく開かなかった。

当然、古島たちの姿はない。ずっと不登校だ。

三ツ谷が何と言おうと、悪は退治されたのだ。

教室に平和は戻り、授業に専念できるようになった。他のクラスメートたちも内心では喜んでいるはずだ。だから、結果オーライだ。古島たちをSNS（ツイッター）で晒したことは正しかった。教室のいじめを終わらせたのだから――。

チャイムが鳴ると、石澤が教室にやって来た。いつになく深刻な表情をしている。

石澤が重い足取りで教壇に立つと、ただならぬ気配を感じ取ったのか、教室が水を打ったように静まり返った。全員の視線が担任教師に注がれる。

「えー、みんな」声は重々しい。「非常に言いにくいことだが、大切な話がある。先生もたった今、連絡を受けたばかりで状況が分かっていないんだが、その――古島が病院に運ばれて、意識不明の重体だそうだ」

冬樹は耳を疑った。

古島が――？

突然すぎて現実感がなかった。

一体何があったのか。

石澤は苦悩に塗り潰された顔をしていた。

「……ベランダから飛び降りたそうだ」

愕然とした。

古島が自殺未遂――。

ざわつくクラスメートの誰もが『どうしてですか』とは訊かなかった。訊く必要がないからだろう。いじめの加害者としてインターネットやツイッターで袋叩きに遭ったことが原因なのは、疑いようがない。

まさか自殺なんて――。

ショックで何も考えられなかった。

「とりあえず、一時間目は自習になると思う。みんな、騒がず、席に着いているように」

石澤はそそくさと教室を出て行った。

教師たちも相当混乱しているのだろう。教え子が自殺しようとしたのだから担任ならなおさらだと思う。

石澤がいなくなると、クラスメートたちが一斉に席を立ち、古島の話をしはじめた。しかし、情報がなさすぎて、誰もが半信半疑の顔で話し合っている。

三十分ほど経ってから石澤が戻ってきて、今日の授業はなくなったと告げた。

「それから――松木。少し話がある」

一瞬、自分の名前を呼ばれたことに気づかなかった。

当惑しながら見回すと、クラスメートたちが静かに冬樹を見ていた。その中には三ツ谷の視線もあった。

なぜ呼ばれたのが三ツ谷ではなく、自分なのか――。

漠然とした不安を抱きながら職員室へついて行く。

奥の部屋で二人きりになると、石澤が「座れ」と命じた。

冬樹は黙ってパイプ椅子を引き、座った。石澤は長テーブルを挟んで腰を下ろした。

一呼吸置いてから石澤が口を開く。

「さっき報告したとおり、古島が意識不明の重体だ」

「はい……」

冬樹は小さくうなずいた。改めて聞かされると、古島の自殺未遂の重みがのしかかってくる。

「インターネット上でずいぶん激しく中傷されていたそうだ」

石澤の目を真っすぐ見られず、冬樹は彼から視線を外した。

「そう――ですか」

「ああ。誰かが古島たちをいじめの加害者として、名前をツイッターで晒したらしい。平塚や室井がそう話しているそうだ。それで袋叩きに遭っていた」

罪の意識に苛(さいな)まれ、胸が苦しくなる。

「あの……」冬樹は長テーブルを睨んだまま訊いた。「どうして僕にそんな話をするんですか」

石澤は鼻から息を吐いた。

「……ツイッターに書き込んだの、お前じゃないのか」

「違います！」

思わず大きな声が出た。

「本当か？」

「はい」

「……先生の目を見て答えろ」

冬樹は視線を持ち上げ、石澤の目を見たものの、すぐ脇へ逸らした。

「僕じゃありません」

嘘はついていない。ツイッターで告発したのは先輩の前川だ。

心の中でそう弁解してみても、共犯者としての罪悪感からは逃れられなかった。

「松木」石澤の語調は厳しい。「お前がしたんだろう？　おかげで毎日、職員室の電話が鳴りやまない。他の先生たちも困ってる」

石澤の当事者感がない台詞(せりふ)に、苛立ちが込み上げる。

そもそも先生の見て見ぬふりが元凶ではないか。教師が正しく裁いてくれたら――ちゃんと解決してくれたら、古島たちは加害者です、いじめの」

「……でも、古島たちは加害者です、いじめの」

「お前がしたことは正しかったのか？　この結果を知っても」

反発の言葉が込み上げてきたものの、口からは出てこなかった。

「本当に三ツ谷のことだけを考えていたのか？　気に食わない奴らを懲(こ)らしめてやりたい――。

そう思ってなかったか？　そんな感情が全くなかったと胸を張って言えるか？」

石澤の綺麗事に――正論に苛立ちを覚えた。自分の無責任さを棚に上げて、教師という立場を振りかざして説教されている気がした。

傍観者だったくせに――。

行動した者を責めるのか。

自殺未遂をしたのは古島の選択ではないか。人をいじめておいて、批判されたら死のうとするなんて、卑怯だと思う。

「僕は！」勢いよく立ち上がると、パイプ椅子が後ろに倒れた。「僕は間違ってません！　僕のせいじゃありません！」

石澤が「おい！」と声を上げた。

冬樹は踵（きびす）を返し、部屋を飛び出した。石澤が「話は終わってないぞ！」と叫ぶ声も無視し、職員室を駆け出る。

教室に戻ると、三ツ谷が一人、ぽつんと居残っていた。

「あ……」

他のクラスメートたちは早々に帰宅したらしい。

三ツ谷が顔を上げた。まるで死人のように蒼白な顔で、表情は消え去っている。

「あのう……」

冬樹は近づき、声をかけた。

呼びかけたものの、何を話したいのか自分でも分からなかった。だが、気づいたら全てを吐き出していた。

　いじめを見て見ぬふりすることに耐えられず、担任の石澤に相談したものの、何もしてくれず、先輩に相談し、本人たちの名前をツイッターで晒した――と。

「そう……」

　三ツ谷は無感情な声でつぶやいた。まるで全てを知っていたかのように――。

「古島は僕が自殺に――」

「僕が自殺に追い込んだ」

　三ツ谷の声が被さってきた。

　冬樹は「え？」と訊き返した。

　いじめの被害者である三ツ谷に何か非や落ち度があるわけがない。責任を感じる必要もない。

　一体何を言い出すのだろう。

「古島たちは――僕をいじめてないんだ」

「え？」冬樹は思わず声を荒らげた。「三ツ谷君がどう思っていたとしても、あれはいじめでしょ、間違いなく」

　本人がいじめではなく友達同士の悪ふざけだと思っていたとしても、周りはそう見ていない。

「まだ三人を庇うの？」

　被害者に非難がましいことを言うのは間違っていると自覚していながら、追及せずにはいられなかった。

　だが、三ツ谷は「違うんだよ」とかぶりを振った。天井を仰ぎ、息を吐く。

「僕が古島たちに頼んで、いじめてもらってたんだ」

6

言葉の意味が呑み込めなかった。耳鳴りがするのは錯覚だろうか。

「どういう――意味？」

三ツ谷はうなだれた。

「頼んでいじめてもらったって？」

質問を重ねた。

三ツ谷はゆっくり顔を上げた。

「……この高校に進学した僕の兄さんも、いじめられてたんだ。クラスの全員から無視されたり罵倒されたり。教科書やノートを破られてたこともあった。兄さんとは一緒に住んでたわけだし、ずっと仲良くしてたから気づいたんだ」

話の行きつく先が見えず、冬樹は相槌を打つしかなかった。

「死ね、とか、学校に来るなよ、とか、クズ、とかひどい言葉が落書きされたノートもあって、兄さんは親にバレないように細かく破って捨ててたよ」

「そんなことが――」

三ツ谷の拳は机の上で握り締められている。

「兄が通ってたこの高校の同級生から、聞かされたよ。お前の兄さん、コンビニで万引きしたらしいな、って。それをクラスの人間に知られて、全員からいじめられるようになった。今回の古島たちと同じで、兄さんは〝どんなに罵倒しても許される悪人〟に認定されたんだよ」

——自分たちが正しいと思う理由さえあれば、誰かをどんなに攻撃したり罵倒したりしても、いいってこと？

——死ね、とか、クズ、とか、キモイ、とか、それが批判なの？　罵倒が自分の中で正当化できたら、好き放題、浴びせていいの？

三ツ谷の切実な訴えが脳裏に蘇る。

「万引きは悪いことだよ」三ツ谷が言った。「でも、〝悪人〟と認定して、自分たちのそれは正しい非難だと自己正当化して、兄さんを毎日罵倒して、攻撃して、人格否定して——。そんなことをしたのは赤の他人の第三者だよ。そのせいで兄さんは追い詰められて自殺した」

心臓を直接拳で殴られたような衝撃だった。

三ツ谷の兄が自殺——。

二年前にこの高校で起きたいじめ自殺事件を思い出した。三ツ谷の兄だったのか。

「無関係の第三者に、人を追い込んで自殺まで追い詰める権利や資格がある？」

ない——。

三ツ谷の話を聞いた今なら、断言できる。万引きの罪があったとはいえ、三ツ谷の兄のクラスメートたちが行ったことは正当化できないし、いじめだったと思う。

「でも——」冬樹は三ツ谷に訊いた。「その話と今回の話、何が関係あるの？」

「兄さんへのいじめは公然と行われてた。担任教師は当然、知ってたはずなのに、見て見ぬふりをした。石澤先生だよ」

突然、担任教師の名前が出て驚いた。

「兄さんが自殺した後、両親は学校に訴えたよ。いじめが原因だ、調べてくれ、って。僕がいじめのことを両親に話したから。でも、学校はいじめを否定した」

二年前の自殺事件は、学校がいじめを否定し、そのまま風化してしまった。

「校長先生も、万引きの件で居心地が悪くなって思い悩んでいた、って。まるで兄さんが罪悪感で自殺したみたいに。いじめ疑惑を吹聴したらそっちが困りますよ、みたいなことを暗に匂わせて。『石澤先生は立派で良識的な教師です』って断言して。でも、担任教師はいじめのことを絶対知ってたはずだと思った。でも、証拠はないし、悔しくて……」

三ツ谷の表情には悲壮な覚悟が宿っていた。

「僕は石澤先生の本性を暴きたかったんだ」

冬樹ははっとした。

「石澤先生が本当に立派な先生なら、僕のいじめを見て見ぬふりしたりするはずがない。だから、仲良くしてた古島たちに事情を話して、一芝居打ってもらったんだ」

冬樹は衝撃で言葉を失った。

まさか、いじめのやらせだとは思いもしなかった——。

古島たちは無実——。

だとしたら、自分がした行為は何だったのか。

「……三人にいじめてもらって、後は仲間が石澤先生に告げ口するタイミングを待つだけだった。女子に頼んで、先生には盗聴器付きの置時計をプレゼントしてもらっていたから、それでやり取りを盗み聞きするつもりだったんだ。そういうの、ネットで安く簡単に買えるから」

石澤の机にある子犬形の置時計の存在を思い出した。まさか盗聴器だったとは――。

「職員室から戻った日の放課後、古島君たちに『チクっただろ』って問い詰められた。それって、もしかして――」

「仲間が動く前に、松木君が思い詰めた顔で教室を出て行ったから、もしや、って思って古島が音声を盗聴したんだ。松木君は、いじめが、って。でも、先生が奥の部屋に連れ込んじゃったから、会話は聞けなかった。だからいじめを相談されたときの石澤先生がどんな態度だったか、聞き出したかったんだ」

呆然と立ち尽くすしかなかった。

「石澤先生がドアの小窓から教室を覗き見してるのに気づいたよ。もう知ってるんだって分かった。でも、僕のいじめを見ていたはずなのに、何もしてくれなかった」三ツ谷の顔には失望が滲んでいた。「いじめを見逃さない立派な先生なら、僕のときも動いてくれるはずだよね。でも、結果は見て見ぬふりだった。兄さんのいじめも知っていて、我関せずだったんだと思う」

そのとき、教室の出入り口のほうで靴音がした。

冬樹は三ツ谷と揃って顔を向けた。出入り口に立っていたのは石澤だった。深刻な表情を目の当たりにして、今のやり取りを聞かれていたのだと悟った。おそらく、話の途中で逃げたから追いかけてきたのだろう。

石澤が無表情で一歩一歩近づいてきた。

冬樹は身構えた。

「三ツ谷――」石澤が感情の死んだ声を出した。「今の話は本当なのか……？」

三ツ谷は石澤を睨みつけた。

「……先生はいじめが存在しても、何一つ行動しようとしませんでした。見て見ぬふりをしました。兄のときも同じで――」

石澤は脇に垂らした拳をぐっと握り締めていた。

「いじめはあったんでしょう？　兄は万引きがバレて、クラスのみんなからいじめられたんです。それが原因で自殺しました」

石澤は視線をさ迷わせた。だが、やがて悄然と肩を落とした。諦念が籠った声で言う。

「たしかにいじめは――あった。先生の罪だ」

三ツ谷は大きく息を吐いた。

「いじめの事実――見て見ぬふりをした事実、認めるんですね？」

「先生は――何もできなかった。そういう意味では、見て見ぬふりをしたんだ」

「兄さんはいじめで自殺したんです」

「そう――だな。それは間違いない。先生がいじめを引き起こす原因になったも同然だ」

いじめを引き起こす原因――？

石澤は何を言っているのだろう。

三ツ谷は眉根を寄せ、「どういう意味ですか」と訊いた。

「二年前、お前の兄さん——三ツ谷がクラスの二人からいじめられてる、って報告を受けてな、先生は、見過ごせなかった」

「え？」

「いじめはよくない。間違った行為だ。だから、先生はクラス会を開いて、問題を取り上げたんだ。いじめの加害者とされる二人を全員の前で吊し上げた」

石澤は悔恨の表情で床を睨んだ。

「クラスの全員の前で、いじめがいかに悪いことか語り、そんな行為をしている二人に説教をした。それはある種の魔女狩りだった。悪人の公開処刑だ。後になって思えば、二人を部屋に呼んで、まず話を聞くべきだった。だが、先生はクラス会の場で追及することを選択した」

石澤は悔恨を噛み締めるように下唇を噛んだ。教室の空気が鉛を含んだように重くなり、息苦しさを覚えた。

「そのときの先生の心の中に、不純な感情が果たしてなかっただろうか。生徒想いの道徳的ないい先生に見られたいという感情。自分はいじめに憤り、はっきりと糾弾できる良識的な教師だ、という承認欲求にも似た感情——。一ミリもなかったとは言い切れない。なぜなら、大勢の目が自分に向く学校、しかも教室という公の場を真っ先に選択したのだから」

自身を責める石澤の言葉は、ＳＮＳ（ツイッター）に古島たちを晒した自分に突き刺さった。

「いじめを本当に解決したいなら、少なくともクラス全員の前で晒すべきではなかったんじゃないか……」

石澤は葛藤したのだろう。口ぶりからそれが伝わってくる、痛いほど——。

「先生の説教に対し、加害者の二人は反論したんだ。三ツ谷は高校の前のコンビニで万引きをして捕まった犯罪者だ、と。事務室に連れて行かれるところを見たんだ、と。犯罪者を責めているだけだから、これはいじめじゃない、と言ったよ。それは暴露だった。暴露としか表現できない。加害者二人を個室に呼び出して、当事者だけで話をしていたら、その暴露は防げただろう。みんなの前で〝絶対悪〟にされた二人は、保身のために――自分たちの罪を軽減するために、三ツ谷の罪を暴露するしかなかったんだ。先生はそこまでの配慮ができず、正義感で突っ走った。三ツ谷の件をきっかけに、いじめ問題を全員に訴えようという考えもあった。三ツ谷の問題は三ツ谷の問題なんだから、問題提起の素材にしてしまってはいけなかった。結果として、三ツ谷の万引きの話がクラスじゅうに知れ渡った」

「それで兄さんはさらにひどいいじめを――」

「万引きの事実を知っていたのは二人だけだった。だが、その二人を公然と吊し上げた結果、三ツ谷のしでかした罪が広まった。たぶん、先生の目が届かない場所で、三ツ谷は責められ、批判されたのだろう。万引きをする奴が悪い、と言われたら、それは正しいし、先生も何も言えなかった。それが見て見ぬふりだと言われれば、そうかもしれん」

三ツ谷は黙りこくっていた。心の中にどのような感情が渦巻いているのか、表情からは窺い知れなかった。

「三ツ谷が自殺してから分かったことだが、実は、三ツ谷は入っている野球部の先輩たちからいじめられてたらしくてな。カツアゲされたりしていたらしい。小遣いで払えなくなったら、親の財布から盗んでこいと言われて、拒否したら、万引きを強要された。さんざん脅されて、逆らえなくなって、従ったようだ。仕方なくやった万引きで失敗して、店員に捕まった」

三ツ谷は目を剝いていた。

「兄さんは――」

「そもそも、罪なんか何も犯していなかったんだよ。いや、実際に万引きはしているが、それは脅迫されたせいだった。自殺する前にそれが分かっていたら――と悔やんだが、もう手遅れだった。少しでも想像したら分かりそうなことだったのに……」

三ツ谷は縋るような眼差しを石澤に据えた。

「そんな後悔があるなら、どうして僕のことを見て見ぬふりしたんですか……」

石澤は顔を歪めた。

「お前の兄さんのこともあって、いじめ問題にどう対処するのが最善なのか、分からなくなった。今でも分からない。悩み続けてる。問題として取り上げて、逆効果になることもある。加害者とされる人間を吊し上げて解決する話でもない」

冬樹は胸を押さえた。

加害者たちへの処罰感情に取り憑かれ、古島たちをツイッターで晒し上げた。提案したのは先輩だったが、自分自身、止めなかった。心の中にそのような感情があったことは今さら否定できない。

結果、無実の三人はいじめの加害者としてインターネットやツイッターで袋叩きに遭い、追い詰められた。そして古島が自殺未遂をした。

事情を知らなかったとはいえ、古島をそこまで追い込んだのは紛れもない自分だ。匿名で晒し上げる前に、当事者——たとえば三ツ谷本人に話しかけ、その気持ちを聞いていたら、あんな短絡的な選択をしなかったのではないか。目の前のいじめに向き合わず、匿名で加害者を晒して罰しようとした。それが古島の自殺未遂を招いた。

石澤は苦しみがしたたる声で言った。

「いじめは何とかしなきゃならない。だからといって、その場の感情的な行動が正しいとはかぎらない。先生は教室の様子を窺って、いじめは間違いないのか、間違いないならどうすればいいのか、悩んでいたんだ。答えを出すために」

三ツ谷が「そうだったとしても……」と弱々しくつぶやいた。

「すまない。先生がすぐに行動を起こしていたら、今回の事態は防げたかもしれない。だが、怖かったんだ。安易な行動が誰かを苦しめたり、傷つけたり、時には最悪のケースに繫がることもある。だから慎重に判断しようとした」

石澤は、三ツ谷のいじめを見て見ぬふりをしていたのではなく、見ていながら見ていないふりをしていたのだ。問題を解決するために——。

同じようでいて、それは違う。似て非なる態度だ。石澤の教師としての判断が間違っていたとは思えない。

被害者とされる生徒にとって何が最善か考え抜くその慎重な態度が、三ツ谷には見て見ぬふりに見えた——。

石澤は無責任な担任教師なんかではなかったのかもしれない。むしろ、責任感が強すぎるから、後悔し、悩み、苦しみ、葛藤し、迷った。それであれば本当の悪は一体誰なのか。誰を責めればいいのか――。

冬樹は歯を噛み締めた。

「先生……」三ツ谷が下唇を噛み、うなだれた。「僕――」

三ツ谷を眺める石澤の眼差しには憐憫（れんびん）があった。

「僕……ごめんなさい」

石澤は無言だった。言葉を探しあぐねているような表情をしている。

「僕は自分の罪を――それこそ、見て見ぬふりしたんです。兄さんがいじめられてることを知っていたのに、何の行動も起こさなかったのかもしれません」

床を睨む三ツ谷の瞳は濡れていた。

「兄さんのいじめを見て見ぬふりしたのは僕も同じです。でも、その罪から目を背けて、先生に罪があるんだって……。それを暴くんだって……。正義感からのつもりでした。でも、もしかしたら、兄さんの自殺の罪が自分以外の誰かにあるんだって証明して、自分の罪を否定したかったのかもしれません」

今や三ツ谷は嗚咽（おえつ）を漏らしていた。

石澤が歩を進め、三ツ谷の肩にそっと手を乗せた。

「三ツ谷は悪くない。中学生の三ツ谷にできることはほとんどなかった」

「でも！」三ツ谷が泣き濡れた顔を上げる。「僕は兄さんのいじめを知っていたんです！」

「それでも、三ツ谷が責任を感じる必要はない。誤ったのは――先生だ。すまない。本当にすまない」

石澤の手が三ツ谷の肩をぐっと摑んだ。

「もう苦しむな……。誰もお前を裁いたりはしない」

三ツ谷がしゃくり上げた。

「僕が余計なまねをしなかったら、古島は――。こんなことには――」

「古島を追い込んだのは三ツ谷じゃない。自分を責めるな」

「……はい」

「今は古島が意識を取り戻すことを一緒に祈ろう。今日は帰って休め」

三ツ谷は袖でごしごしと涙を拭い、「ありがとうございます、先生……」とお辞儀をした。

大きな誤解が解けた安堵が二人のあいだには漂っている。

教室に再び静寂が戻った。

全てが綺麗に解決したかのような空気が漂っている。

だが、何も終わってはいない。「ありがとう」ではすませられない。間違ったのは自分だ。加害者たちを吊し上げて社会的制裁を加えたら問題が解決する、と思い込んで短絡的に感情で行動した。

自分が前川と一緒にしてしまった行為は、三ツ谷の兄の万引きの裏事情を知らずに犯罪者として糾弾したクラスメートたちと同じだった。同罪だ。

少し救われた表情を見せる三ツ谷に対し、冬樹は自分の心がどん底まで沈んでいくのを感じていた。

古島の自殺未遂は私刑を肯定した自分の罪――。

そして、第三者でありながら、自分たちには加害者とされる人間たちに罰を与える権利があると思い込んでいる世間の大勢の罪——。

魔女——悪とされた人間を公の場で磔（はりつけ）にし、処刑する。悪にみんなで一斉に石を投げつけ、罰せられる姿を楽しむ快感。中世ヨーロッパの価値観は、今なお現代日本でも生きているのではないか。

今までは自分が被害者の〝魔女〟になると恐れていた。古島たちに自白を迫られ、認めたら吊し上げられる〝魔女〟——。だが、違った。〝魔女〟は古島たちで、自分は〝審問官〟だった。無実の〝魔女〟を吊し上げた〝審問官〟——。

古島たちを誹謗中傷していた人間たちがこのような真相を知ることは決してないだろう。彼ら自身が審問官ということにも気づかない。仮に古島の自殺未遂を知ったとしても、そのときだけ、『ヤバい』と思って中傷のツイートを削除し、また、次の〝悪人〟を攻撃するだけ——。

そうだ。

きっと、いじめはなくならない。

正しさを振りかざせば、罪悪感を抱くことなく、他人を攻撃する快感を得られると世の中の大勢が気づいてしまったから。

冬樹はまぶたを伏せた。

だが、誰が目をつぶってくれたとしても、自分には古島の自殺未遂に罪があるのだと自覚している。

決して見て見ぬふりはできない。

古島の自殺未遂の原因を作った自分は、一生、この罪悪感を背負って生きていくのだろうか。

誰にも裁かれないこの罪を――。

そのとき、教室のドアのほうで物音がした。

冬樹ははっとして振り返った。靴音が駆け去っていく。

衝動的にドアへ向かい、出入り口から顔を突き出した。廊下の角を曲がるスカートが一瞬だけ目に入った。

女子生徒の誰かに聞かれていた――。

二人とのやり取りを――。

自分の罪を――。

冬樹は爪が皮膚に食い込むほど強く拳を握り固めた。

盗み聞きしていた女子生徒が誰かに喋ったら――あるいはツイッターでつぶやいたら――。

無実の古島を自殺未遂に追いやった罪を裁かれてしまう。他人の罪を裁きたがる人々によって――。

次の魔女は自分だ。

匿名の群衆から投げつけられる暴言の石つぶての痛みが、現実感を伴って全身に感じられた。

今こそ、自分の罪を見て見ぬふりしてほしい――。

冬樹は心底そう願った。

保護

コンビニの前で佇む
制服姿の彼女。
彼女を一人にはできない！

早川満雄は、ある雨の日、
仕事帰りに寄ったコンビニで
傘がないのか軒先にいつまでも
立ち続ける彼女に出会った。
満雄はたまらず声をかけるが――。

I

彼女と出会ったのは、雨の降る中、仕事帰りにコンビニに寄った夏のある夜だった。

セーラー服姿の彼女はポニーテールにしており、傘がないのか、コンビニの軒先にぽつんと突っ立っていた。虚無の眼差しで降りしきる雨の銀幕を眺めている。

早川満雄（はやかわみつお）は彼女を横目で見た後、雨粒が滴る傘を傘立てに差してコンビニに入店した。週刊漫画雑誌を立ち読みする。給料日前だから財布に余裕がなく、気になっている連載漫画の続きだけを読んだ。

カップ焼きそばとから揚げ弁当、ウーロン茶、栄養ドリンクを購入し、店を出る。

店内には十五分ほど滞在したが、彼女は相変わらず軒先にたたずんでいた。よく見ると、雨に濡れたセーラー服が透け、下着の色が浮き出ていた。

本能的に彼女の肢体に目が吸い寄せられる。

盗み見がバレないよう、スマートフォンを取り出してメールの確認でもしているように装った。

そんな自分に呆れた。

最近は仕事が忙しくて溜まっているな——。

さっさと帰って元気が残っていたら、一人で解消するか。

まばらな客がコンビニに出入りする際、彼女をちらちら横目で窺（うかが）っている。だが、わけありだと察してか、声をかけたりはせず、完全に無視していた。

店にやって来る人間の靴音が近づいてきても視線を全く上げないあたり、待ち合わせのようには見えない。

満雄は傘を抜き取り、広げて雨の中に踏み出した。だが、駐車場を出るところで立ち止まり、振り返った。一瞬、彼女が視線を上げてこちらを見た気がした。

躊躇(ちゅうちょ)したものの、満雄は意を決してコンビニへ戻った。彼女のもとへ歩いていく。

「あのう……」

思い切って声をかけた。

うつむき加減の彼女の濡れ髪が顔の半分を隠している。

「大丈夫――?」

彼女が地面に視線を流した。水溜まりが雨粒に破られ、無数の波紋が生まれるさまを見続ける。

気まずい沈黙が続いた。

満雄は今度は軽い調子で話しかけた。

「……傘は?」

また無視されるかと思ったが、彼女はうつむいたまま口を開いた。

「財布を持たずに出てきたから……」

「傘、買ってこようか?」

彼女はポニーテールを振り乱すようにかぶりを振った。

「家に帰りたくなくて」

彼女は下唇を噛んだ。暗く澱んだ瞳が印象的だった。吹きすさぶ雨風が彼女のソックスを濡らしている。

満雄は夜の闇が延びる道路を見つめた後、彼女に向き直った。また何秒か沈黙があった。

そして――。

「もう死にたい……」

雨音に掻き消されそうなほどか細い声で彼女がつぶやいた。

――死にたい？

厄介な話に首を突っ込んでしまったかもしれない――と一瞬、後悔が頭をよぎった。

互いに黙り込んだ。その分、周囲に広がる大雨の音が大きくなった。

話しかけておきながら、それじゃ、と素っ気なく別れを告げてそそくさと立ち去る行為に罪悪感を覚える。見捨てるなら最初から声などかけるべきではない。親切心と後悔がせめぎ合う。

言葉はなく、しばらくただそこに立っていた。雨宿りしていても、横殴り気味の雨粒が彼女のセーラー服をさらに濡らしていく。

彼女が体を掻き抱き、身を縮こまらせた。濡れた体が震えている。

「寒い……」

ほとんど独り言で、ぽつりと漏れた言葉だった。

彼女が顔を上げた。濡れ髪を指先で耳の後ろに掻き上げると、顔立ちがあらわになった。

満雄ははっとして彼女の顔をまじまじと見つめた。彼女が気まずそうに顔を背けた。

「あっ、いや――」

言いよどんだことで言いわけがましく聞こえたかもしれない。

最近は女性の外見に触れたらセクハラになる。否定的な言葉はもちろん、褒め言葉でさえも。会社で全社員に対して行われたセクシャルハラスメント講習で、講師から厳しく注意された教えが脳裏に蘇る。セクハラよりパワハラを問題にしてくれよ――と当時は苦々しく思ったものだ。

しばらく居心地が悪い間が続いた。

コンビニから出てきた若い金髪の男女がいぶかしげな一瞥を向け、何やらひそひそと囁き交わした。

他人の視線が気になる。冷え切った体が羞恥で火照ってくるのが分かった。

雨はますます激しくなっていた。

「アパート――来る？」

彼女が「え？」と驚いた顔を上げた。無言で見つめ合う間があった。

素っ気なく言ったが、内心では動揺があり、心臓も若干駆け足になっていた。

今さら冗談だったと手のひらを返して笑うには、女性との付き合いがなさすぎた。モテないと自覚しているから、同年代の異性には苦手意識があり、避けていた。何も期待しなければ失望させられることも傷つくこともない。

だが、今は――。

満雄は沈黙に耐えかねて口を開いた。

「すぐ近くだし、タオルも貸せるから……」

彼女の眉に逡巡が表れた。その反応を目の当たりにして余計に恥ずかしくなり、慌ててまくし立てるように付け加えた。

「ここ、深夜になると暴走族の溜まり場になるし、そんな恰好で立ってると……」

不安がらせるつもりはなかったが、事実だ。先週はコンビニに晩飯を買いに来て運悪く連中と鉢合わせし、絡まれた。胸倉を摑(つか)まれ、一万円札を差し出して解放された。

「どうしてそんなに親切にしてくれるの？」

「どうしてって――」

その悲愴感漂う姿があまりに目を引いたから――とは言いにくかった。恋愛経験が豊富ならきっと気負わず爽やかな台詞(せりふ)を返すのだろう。

彼女が求めている答えは何だろう。

「……放っておけなくて……というか……」

漫画で見たような言葉で辛うじて答えた。

「狭いし散らかってるけど、雨宿りならこんな店の前よりましだと思うし……」

拒絶されたらどうしよう。もし嫌悪の表情を返されたら――。

良かれと思って提案しただけだったが、いざ口にしてみると断ってほしくないという不思議な気持ちが生まれた。

一秒が十秒にも思え、不安に押し潰されそうになった。

そのとき――。

彼女は儚(はかな)げだが、初めて笑みを見せた。その表情に一瞬、心臓がどくんと脈打った。

彼女はうな垂れたまま小さくうなずいた。

来るってこと――？

反射的に確認しそうになり、言葉をぐっと呑み込んだ。必死感が伝わったら警戒されるだろう。

「少し濡れるかもしれないけど」

満雄は傘を差し出した。彼女のほうが十五センチほど背が低いから、傘は少し短めに持った。

傘に入るために寄り添った彼女の肩が二の腕に触れる。相合傘は今までの人生で一度もしたことがなく、胸が高鳴った。傘に弾かれる雨音よりも、自分の心音のほうが大きいのではないか。

満雄は真っすぐ前方を見据えた。彼女を意識しないように努めた。

共に無言で住宅街を歩いていく。

立ち並ぶ邸宅。駐車された車。等間隔で並ぶ電信柱――。全て雨の銀幕にけぶり、黒い影と化して滲んでいる。

「俺、早川満雄」

名乗ると、彼女も答えた。

「私は綾瀬春子。学校に行ってたころは、友達から〝春ちゃん〟って呼ばれてた」

「はるちゃん……」

彼女は少し考えるような表情を見せた後、突然顔を明るませ、手をパンと叩いた。

「じゃあ、あなたはみつ君ね」

満君――。

そんな可愛らしく呼ばれるような歳でもないのに――とむず痒さを覚え、満雄は照れ笑いを返した。

人生において、異性からこのように親しみを込めて呼ばれた経験がない。

肩を寄せ合って歩くと、築二十五年のアパートに着いた。二階建てで、錆びた鉄製階段がある。

「俺の部屋は二〇三号室」

春子が「うん……」とうなずいた。

こういうのは何かの犯罪になるだろうか——と満雄は少し考えた。成人と未成年だと法に触れた気もする。

だが——。

本人が望んだ自発的な行動なら罪にはならないはずだ。そもそも、ただ雨宿りできる部屋を一時的に提供するだけなのだから。

一緒に階段を上り、二〇三号室の前に来た。傘を折り畳んで軽く雨粒を払い、ズボンのポケットから鍵を取り出した。鍵穴に差し込み、ドアを開ける。

「どうぞ」

満雄は春子を部屋に招じ入れた。

2

春子は濡れたセーラー服を気にしつつ、靴を脱いで部屋に上がった。

ベッドの上に少年漫画のコミックスが散乱していた。半裸の美少女がほほ笑んでいるような表紙が多い。ライトノベルが原作だろうか。

満雄が慌ててコミックスを掻き集め、片隅に置かれている小型の本棚に突っ込んだ。何げなく見ると、絨毯に一冊だけ成人誌が放置されていた。卑猥なキャッチコピーがあふれている。

「あっ……」

思わず声を漏らすと、それに反応して彼が振り返った。春子の視線の先を見て慌てふためき、成人誌をベッドの下に蹴り込んだ。額の汗を拭いながら向き直る。

「これは……」

目が泳いでいる。

春子は苦笑いしながらフォローした。

「そういう本を見るの、男なら普通だと思うし……。私は別に気にしてないから」

彼に下心などはなく、純粋に心配して声をかけてくれたのだと分かっている。男の性欲を目の当たりにしたからといって、不安は抱かなかった。むしろ、誰も見なかったかのように素通りする中、気遣ってくれたことに感謝している。

満雄は円形の座卓に置かれているカップ焼きそばの空とお茶のペットボトルを取り上げ、ごみ箱に捨てた。

「ごめん、散らかってて――」

「ううん」春子はかぶりを振った。「全然」

「恥ずかしいな、少し」

満雄は頬を掻きながら、絨毯に落ちている紙袋やチラシなどを片付けた。

「気にしないで」

「ごめん」

片付け終えると、満雄が春子に顔を向けた。だが、気まずそうにすぐ目を逸らした。

その理由はすぐ分かった。

濡れそぼったセーラー服が下着を透けさせており、肌に貼りついている。

「そのままじゃ風邪引くし……」満雄はぼそぼそと喋った。「お風呂とか……」

春子は彼の横顔を見つめた。

視線は感じているはずだが、彼は目を合わせないようにしていた。

実際、軒先に突っ立っているときから寒気を感じていた。

コンビニの店内で時間を潰すことも考えたが、商品を購入しようともしない姿を怪しまれ、迷惑そうな眼差しを受けたので、すぐ出てしまった。

「でも、着替えが……」

春子は言葉を濁した。

彼は初めてその事実に気づいたようにはっと顔を戻し、あたふたと室内を見回した。奥のタンスに目を留め、「ええと……」と歯切れ悪く漏らしながら引き出しを開ける。

彼が取り出したのは、ネイビーのトレーナーだった。

「良かったら使って」

春子はトレーナーを受け取った。

「じゃあ……シャワー借りてもいい？」

「うん、もちろん」

満雄はバスタオルを取り出し、玄関横のドアを指差した。

「お風呂はそこだから」

春子はバスタオルを受け取り、バスルームのドアを開けた。トイレ兼浴室だ。ドアの鍵を閉め、一息つく。

無理解な両親にうんざりし、口論のすえ、スマートフォンだけを握り締めて衝動的に家出した。着の身着のままだった。外に飛び出してから雨に気づいたが、捨て台詞を吐いた手前、今さら舞い戻るわけにもいかず、走り続けた。

そして――たまたま目についたコンビニの軒下で雨宿りをした。

誰もが好奇の目を向けたり、遠巻きに眺めたり、無視したりする中、彼に優しく声をかけられ、救われた気がした。お風呂まで貸してもらって、申しわけなく思う。

昔は少女漫画のような出会いを夢見ていたな――と思い出した。白馬の王子様とはいかなくても、運命的な出会いをして、見初められて、恋に落ち――。もちろん、満雄に対してそんな感情を抱いているわけではない。ちょっと特別な出会い方をしただけで……。

そのとき、スマートフォンが通知音を発した。見ると、母からのショートメールだった。

『どこで何をしてるの』

心配というより追及のように感じ、春子は返信しなかった。

春子はセーラー服を脱ぐと、全裸になった。自分の体を改めて眺める。雑誌で見るグラビアアイドルの完璧なプロポーションと比較しては劣等感を覚え、母に注意されるほど無理なダイエットを試みては失敗している。怪しいサプリメントに手を出したこともある。

自己肯定感の低さがいやになる。だが、それればかりはどうしようもなかった。

シャワーを浴びてからバスタブを出る。

洗濯機の上に置いておいた下着をつけ、セーラー服の代わりに借り物のトレーナーを着る。サイズはかなり大きめで、袖は手の甲を覆うほど長く、丈も股を隠すほどだ。

それでもトレーナー一枚はさすがに恥ずかしく、少し濡れているスカートを穿いてから浴室を出た。

ドアを開けたとたん、ベッドの前に腰掛けていた満雄の眼差しが全身に注がれた。

「……何？　変？」

満雄は再び目を逸らした。蛍光灯の真下に座っていると、頭部の地肌が透けている。

彼がおずおずと答えた。

「自分のトレーナーを着られるの、ちょっと変な感じがしちゃって」

変な感じ——か。

オブラートに包んだのか、適切な語彙が見つからなかったのか。

ありがちな男女のシチュエーションに、心が浮き立っているのではないか。

こんな私に下心を抱いているのだろうか……。

春子は彼の内心に気づかないふりをし、台所に視線を逃がした。

「満君、晩ご飯まだなら、何か作ろうか？」

「え？」

「助けてもらったお礼に……」

沈黙が返ってきた。

怪訝（けげん）に思いながら満雄を見ると、彼は脇のレジ袋を見つめていた。言いにくそうにしている。

「あ、それ、コンビニの――」

そういえば、彼はコンビニで買い物をしたのだ。帰り道でもレジ袋を提げていた。

「晩ご飯、もう買ってるよね。ごめんなさい、気づかなくて」

満雄は頭を搔いた。

「でも、何か作ってくれるなら嬉しいかな。コンビニ弁当は食べ飽きてるし、味気なくて」

「だよね。私も普段はコンビニとかスーパーで出来合いの物を買って、すませちゃうことが多いから、すごく分かる。じゃあ、何か作るね」

「いいの？」

春子は冷蔵庫に歩み寄り、扉を開けた。

「材料あればいいけど……」

料理をしている印象がなかったから期待はしていなかったものの、生卵、ウインナー、豆腐、味噌、豚肉、袋入りのピーマンなど――それなりに材料は揃っていた。

冷蔵庫の下の引き出しを開けてみると、他の野菜類もあった。

「料理は得意じゃないから期待しないでね」

「何でも嬉しいよ。手料理なんて、実家暮らしだったときに母親が作ってくれて以来だし……」

春子は食材を取り出すと、フライパンを用意した。まな板を洗って野菜を置く。

インターネットでレシピを調べようとして、スマートフォンを取り出した。検索サイトを開くと、ニュース一覧が表示された。国際情勢のニュースや芸能人の不倫のニュースがタイトルになっている中、目に飛び込んできたのは――。

『10代前半の少女を自宅に連れていった疑いで東京都の46歳男を逮捕。少女に淫行……』

はっとしたものの、これは状況が違う、合意なんだから、と自分に言い聞かせ、さっさと料理名を検索欄に打ち込んでレシピを探した。

料理をはじめたとき、リビングの満雄が話しかけてきた。

「そういえばさ、どうして家出とかしたの？　あんな雨の中で……あっ、無理して話さなくてもいいけど」

心配そうな口調に、春子は包丁を持つ手を止めた。自分の手元をじっと睨みつける。

蘇ってくるのは――不快で腹立たしい記憶だった。

「親が……」

ぽつりとつぶやいたまま、言葉が喉に詰まる。包丁の柄を握る手に力が籠った。

「最悪で……」

「暴力――とか？」

「殴られたり蹴られたりはないけど、お父さんはすぐ怒鳴るの。『飯はまだか！』って。お母さんがいない日は、私が食事を用意してる。でも、『味が濃い！』とか『茶がないぞ！』とか、文句や我がままばっかり。私はまるでお父さんの奴隷」

「ひどいね……」

――テレビのチャンネルを変えてくれ。

――野球の試合がはじまってしまうだろ。

――味噌汁のおかわりをくれ。

怒鳴るような父親の大声が耳に蘇ってくる。

自分でやってよ――と言い返したいのをぐっとこらえ、従ってきた。感謝をされることもない。

「お母さんはお母さんで、私を無視してる。同じ家で生活してても、私の存在が鬱陶しいみたいに……。ご飯だって、コンビニにでも行って適当に何か買って食べて――ってたまにお小遣いを手渡されるだけ」

「そうなんだ……」

「お母さんにお父さんのことを訴えても、養ってあげてるんだから文句言うな、って怒鳴られて」

親が子を養うのは当然ではないか――。

そう反論したくても、言い返したら何倍にもなって感情的な言葉が返ってくるので、ひたすら我慢している。

「お母さんもお父さんも、私の苦しみなんて想像もしてくれなくて、怒鳴ってばっかり。家にいるのに耐えられなくて、口喧嘩して、衝動的に家出しちゃった」

春子は唇を噛み締めた。怒りと悲しみがない交ぜになって、胸の中がぐちゃぐちゃになる。

「春――ちゃんは普段は何してるの？」

春子は嘆息し、包丁で野菜をカットしはじめた。しばらく無言の間が続いた。

「……引きこもってる」

満雄が「え？」と訊き返した。

声が聞こえなかったわけではないだろう。

「引きこもり」春子は恥じ入りながら答えた。「女同士でいろいろあって、いじめられて、人間関係が怖くなって、それで、引きこもるようになったの」

「そうなんだ。まあ、人間関係って難しいしね。俺も会社で上司から怒鳴られて、いびられて、嫌気が差すよ」

春子は手を止め、彼に向き直った。

「私と同じ……」

「面倒臭いよね、そういうの。理不尽な人間が一人いるだけで、地獄だよ」

「だよね」

「春ちゃんも大変な想いをしてるんだ。同じ経験をしている者同士、気が合うかも？」

彼は冗談めかして言った後、あはは、と苦笑いした。

「私、引きこもってるから、全然人と喋ってなくて……。こうして話し相手がいるだけでも癒される」

「俺もそうだよ。人との会話なんて職場だけだし。しかも、仕事の内容だけで、楽しさ皆無。誰かと話すの、ゲーム内のチャットくらいかな。最近は忙しくて遊んでられないけど」

「繋がりって――必要だよね」

その後は黙って料理に専念した。

作ったのは肉野菜炒めと豆腐の味噌汁、出し巻き卵だ。ごく普通の献立だが、作るのには緊張した。座卓に皿を並べ、向かい合って絨毯に座る。

「美味そー！」

満雄が興奮した声を上げ、手料理を眺め回した。我ながら上手くできたと思う。

「よかった！」

春子は彼に笑顔を返した。

「でも――」満雄は少し申しわけなさそうな顔を見せた。「何だかごめん、作らせちゃって」

「どうして？」

「だって、父親のために料理を作らされたりして、うんざりしてるんでしょ？」

「そうだけど、これはお礼だから。作りたくて作っただけだよ。お父さんの世話とは全然別」

「……ありがとう」

満雄に無邪気な表情が戻った。

「いただきまーす」

彼は嬉しそうに手を合わせてから、箸を手に取った。出し巻き卵を口に運ぶ。

春子は彼の口元を注視した。

「……美味い！　何これ、ジュワって卵から美味しい出汁が出てくる。こんなの食べたことないよ」

満雄が笑顔を弾けさせた。

嬉しさが込み上げてくる。

いつか彼氏ができたら作ってあげたいと思って練習していた料理だ。

その後は他愛もない話をしながら、二人で食事をした。

時刻を確認すると、午後十一時半になっていた。彼も春子の目線を追うように置時計を見た。

「ええと……」満雄が口ごもりながら切り出した。「どうしようか……」

「どうって？」

「いや、夜遅くなっちゃったし……。傘なら貸すよ」

春子は彼から目線を外した。

「……家には帰りたくないかな……」

相手の表情を見ていなくても、満雄が息を呑んだのが分かった。緊張が伝わってくる。

「家に帰っても親がウザイだけだし……」春子は慌てて付け加えた。「そういう意味」

「あ、うん、もちろんもちろん」

春子は彼をちら見した。

彼も目を逸らしていた。室内に忍び込んでくる雨音が大きくなった。

春子は髪の毛先を指でもてあそびながら言った。

「泊まっても――いい？」

満雄が驚いたように顔を上げた。

「ここに？」

春子はうなずいた。

「この大雨の中、外に出たくないし……」

「だよね……」

満雄は部屋の奥のベッドを一瞥した。それから春子に目を戻し、ごくりと喉を鳴らした。

彼の頭の中の葛藤が透けて見える。

だが、春子は気づかないふりを続けた。

「どうしようかな……」

曖昧な台詞で反応を待つ。

満雄は自分の指先を撫でていた。やがて緊張が絡んだ息を吐き、目を逸らしたまま口を開く。

「じゃあ、春ちゃんがベッド使っていいよ。俺は――」彼は絨毯を見た。「この辺で寝るから」

「いいの？」

満雄は「慣れてるから」と笑った。「絨毯で寝落ちすることも結構あるし。仕事で疲れ切って、そのまま、とか」

「ありがとう」

春子は立ち上がり、ベッドに近づいた。

入れ替わるように満雄が浴室のドアへ向かった。

「満君は寝ないの？」

声をかけると、満雄が振り返った。

「俺は洗濯してから寝るよ。春ちゃんの濡れたセーラー服も洗って乾かさなきゃ」

「ごめんね、面倒かけて」

「全然。じゃあ、明かり消すね」

満雄が壁のスイッチで天井の蛍光灯を消した。室内が薄闇に覆われた。

彼が浴室に姿を消すと、春子はベッドに横たわった。布団を引っ張り上げ、目を閉じた。

睡魔はほどなくして襲ってきた。

3

四十歳と十七歳——か。

この年齢差は何かの罪になるのだろうか。

満雄は薄闇の中でベッドに寝ている春子の影を眺めながら、改めてそんなことを考えた。

——同じ部屋で一夜を過ごすだけだ。

緊張で若干高鳴る心音を意識しつつ、深呼吸で気持ちを落ち着けた。目覚まし時計を午前七時十分に設定し、絨毯に横たわる。

絨毯が敷いてあっても床の硬さは体に感じられ、眠りにくかった。絨毯での睡眠に慣れていると答えたのは嘘だ。昔から、いわゆる〝枕が変わると眠れない〟タイプだった。だが、こういうシチュエーションなら、男が気遣うことが当然だろう。

満雄は目を閉じた。

視覚がなくなると、その分、他の感覚が鋭くなった。耳に忍び入ってくる彼女の息遣い——。

無防備に寝息を立てる春子の存在を意識し、なおさら寝付けなかった。

異性と二人きりの空間に緊張する。自分の部屋が他人の部屋になったようだった。今まで男女交際の経験が一度もなく、このような状況に免疫がない。

結局、朝方まで眠れなかった。

「――君」

意識の中に聞き慣れない声が忍び込んできた。

「――満君」

満雄は寝ぼけながら「え？」と声を漏らした。

「満君！　朝だよ！」

体を揺さぶられると、満雄は眼（まなこ）をこすりながら目を開けた。春子の顔が真ん前にあった。

「わっ！」

思わず大きな声が出て、一瞬で意識が覚醒した。反射的に上半身を起こすと、彼女が身を引いて顔を離した。

昨晩の記憶が雪崩（なだれ）を打って蘇る。

そうだ、コンビニで雨宿りをしていた彼女に声をかけ、部屋に泊めたのだった。

「そろそろ起きたほうがいいんじゃないの？」

はっとして後ろを振り返った。目覚ましの時間は過ぎている。無意識のうちにアラームを止めてしまったのだろう。時刻は七時二十分――。

「ヤバ……」

満雄は跳ねるように立ち上がった。

「遅刻したら上司にネチネチやられる」

慌ててスーツを手に取って洗面所に飛び込み、歯磨きと洗顔をする。着替えてからリビングに戻る。

春子がキッチンに立っていた。フライパンからジューッと音がしている。

匂いでウインナーだと分かった。

「朝ご飯食べる時間くらいはあるよね？」

満雄は腕時計を見た。

「……うん」

「簡単なものだけど、作ってるから待ってね」

カーテンを開けると、昨晩の大雨が嘘のように晴天だった。

出社の準備をしながら待つと、春子がスクランブルエッグとウインナーと味噌汁を座卓に並べた。茶碗にご飯をよそい、ウーロン茶と一緒に運んでくる。

「ありがとう」

座卓に座って朝食を食べた。独り暮らしをはじめて自分で作って食べたときは味気なく、孤独を意識させられる料理だったが、こうして作ってもらえるだけで気分は全然違った。同じウインナーでも、特別美味しい気がする。

子供のころに母親が作ってくれた運動会のお弁当を思い出した。シンプルなおかずが不思議と新鮮で美味しかったことを覚えている。

食事が半分ほど終わったとき、満雄は箸を止めた。彼女の顔を真っすぐ見る。

「帰らなきゃ——だね」

大雨で困っている彼女を一夜泊めただけで、別れがすぐにやって来ることは承知の上だった。

とはいえ——。

春子が弱々しくうなずいた。

「雨も止んだし」

「だね」

分かっていたことだが、口にしたら急に寂しさが胸に去来した。彼女の優しさや包容力に癒されている自分に気づいた。

満雄は自分の感情を誤魔化すために、朝食を搔き込んだ。それから立ち上がる。

「もう仕事に行かなきゃ」

満雄は息を吐くと、春子に五千円札と部屋の鍵を差し出した。彼女が小首を傾げる。

「交通費。手持ち、ないでしょ。鍵は室外機の底にでも貼りつけておいて。セーラー服は乾かして洗面所に置いてあるから」

春子はためらいがちに五千円札と鍵を受け取った。

満雄は彼女に背を向け、後ろ髪を引かれる思いでアパートを出た。早朝の満員電車ですし詰めになりながら出社した。

仕事でミスをして朝から二十八歳の上司に怒鳴りつけられた。

「マジ、頭悪いな！　何度教えたら学ぶんだよ！」

満雄は惨めさを噛み締めながら頭を下げた。

「すみません……」

「これだから中卒はよ！」

上司は都内でも有数の私立大学を卒業している。学歴を振りかざし、マウントをとってくる。

「もうちょっとおつむ使えよな。学歴違いすぎると、こっちの話も理解できねえし、マジ困るわ」

「すみません……」

謝罪して暴風が過ぎ去るのを待つしかない。ストレスの捌(は)け口にされていることが分かっていても、逆らえない。

何度も怒鳴り散らされながら働いた。胃がきりきり痛み、冷や汗が噴き出る。

与えられた仕事は膨大で、定時までに終わることはない。自分の無能さを思い知らされる。

満雄は残業を終えてから退社した。嘆息を漏らしながら夜道を歩き、駅から電車に乗る。座席は埋まっていて、座ることはできなかった。

空席がある優先席に目をやる。

さすがに駄目だよな——。

良識が働き、座らなかった。立ったまま十五分ほど電車に揺られ、最寄駅で降りた。黒雲が垂れ込める夜空の下、住宅街をとぼとぼ歩き、アパートに帰りついた。

鍵を取り出そうとして、持っていないことを思い出した。室外機の下をまさぐる。

だが——。

鍵は見つからなかった。

誰かに盗られたのだろうか。彼女が鍵を持ったまま帰ってしまったとは思わないが……。

不安を抱きながら立ち上がり、玄関ドアのノブを回した。鍵は――かかっていた。

一体どうすればいいのだろう。

大家に連絡すれば開けてもらえるだろうか。

困っていると、突然、ガチャガチャと音が鳴ってノブが回り、勝手にドアが開いた。

「……え？」

満雄は驚いて一歩後退した。

室内から顔を見せたのは――春子だった。

「おかえりなさい」

「どうして……」

春子が申しわけなさそうにはにかむ。

「帰ったんじゃ……」

彼女はか細い声で答えた。

「ごめんなさい。やっぱりまだ家に帰りたくなくて……」

「そっか……」

平静を装ったものの、内心は浮き立っていた。

「あ、鞄(かばん)――」

彼女が手を差し出したので、反射的に鞄を手渡した。受け取った春子が室内に戻っていく。

満雄は自分の部屋に上がった。

「お仕事、疲れたでしょ？」彼女が鞄を置きながら振り返る。「お風呂入る？　沸かしておいたけど。あっ……勝手にごめんね」

彼女の気遣いが嬉しかった。正直、仕事で疲れすぎて、自分で風呂を洗って沸かすほどの気力がなかった。体が臭ったとしても、適当に晩飯だけ食べて、ベッドに倒れ込もうと思っていた。

「お風呂に入ってるあいだに晩ご飯、作っておくから。貰った五千円、食材に使っちゃった。ごめんね」

「全然。嬉しいよ。誰も出迎えてくれない毎日だったから、こうして、おかえり、って言ってくれる相手がいて」

春子がにこやかに応えた。

会社での苦痛が一瞬で吹き飛んだ。

「あと、これも」

そう言った彼女は着ているスウェットを指差した。

普段着になった彼女は雰囲気が全く変わって、なぜか目を逸らしてしまった。

「じゃ、じゃあ、お風呂入ってくるよ」

満雄は戸惑いながらバスルームに駆け込んだ。

風呂に入ると、ゆっくり湯船に浸かり、疲労を洗い流した。三十分ほどしてからバスルームを出ると、リビングからいい香りが漂ってきた。

「肉じゃが——？」

リビングに進み入ると、座卓の中央に鍋が置かれており、肉じゃがが湯気を立ち上らせていた。

「こういうの、好きかな、って」

春子が笑みを浮かべた。

「最高！」

満雄は座卓の前に座った。向かい合う彼女が皿に肉じゃがをよそい、ウーロン茶をコップに注いで目の前に置いてくれた。

「超美味そう！」

「置いてもらってるんだし、これくらいは恩返ししなきゃ。たくさん食べてね」

「いただきます！」

満雄は肉じゃがに箸をつけた。手料理というだけで、コンビニの肉じゃがとは全然違った。

「美味い！」

彼女の表情に花が咲く。

まさか自分がこんな恋愛ごっこのような——半同棲生活をできる日が来るなんて思ってもみなかった。くつろいだ気分が疲れを溶かしていくようだ。

しばらく黙って食事をすると、タイミングを見計らった彼女が「仕事は大変？」と訊いた。

満雄は箸を止め、彼女から視線を外した。

「上司がクソでさ……」

「上司が？」

「怒鳴られてばっかり。パワハラだろ、って思うけど、サラリーマンはそういうもの、って言われたら反論できなくて」

目を向けると、彼女が同情するような眼差しをしていた。

「だから我慢の日々だよ。上司とかもっと上の人もそうだけど、みんな、多かれ少なかれ理不尽な扱いされてきてるんだよね。飲み会で芸を強いられたり、怒鳴られたり、頭をはたかれたり、無理な仕事を押しつけられたり——。でも、サラリーマンは文句一つ言わず、我慢して働いてる」

「昭和って感じの価値観。でも今はそういうの通用しないんじゃないの？　パワハラを訴えてる人とかもいるよね」

「なかなか難しいよ、男は。男ならその程度は日常茶飯事だし、いちいち騒いだりしないよな、みたいな空気があって、よっぽどの理不尽じゃないかぎり、受け入れるしかなくて……」

「つらいよね、そういうの。私、働いてないから分からないけど、満君の気持ち——分かる」

「うん……」

沈黙が降りてくる。

空気が重くなったので、満雄は「春ちゃんは？」と話を変えた。

「え？」

「引きこもりって言ってたから、わけありなのかな、って」

彼女は羞恥を嚙み締めるように微苦笑した。

「私は学校に行ってたころが一番輝いてたかな。友達もたくさんいたし、毎日が楽しかった。辞めなきゃよかったなあ……」

続きを待ったが、彼女はそれ以上は語らなかった。明るい調子で手のひらを叩き合わせる。

「暗い話はやめて、食べよ食べよ！」

二人で食事をすると、彼女が後片付けをした。春子の背中に話しかけ、好きな漫画の話で盛り上がった。

午後十一時半になると、ジェネレーションギャップはあったが、彼女は興味深そうに話を聞いてくれた。

春子が「そろそろ寝る？」と訊いた。

「だね。少し遅くなったし」

満雄は寝る準備をすると、絨毯に横たわろうとした。

春子が「あっ」と声を上げた。

満雄は彼女に顔を向けた。

「どうしたの？」

「今日は満君がベッドで寝て」

「俺が？」

「今日もベッドを占拠するの申しわけないし……私が下で寝るよ」

「それはできないよ」

「満君の部屋なんだし」

「男はこういうの平気だし、春ちゃんがベッド使いなよ」

春子は少し考える顔をした後、つぶやくように言った。

「じゃあ……一緒に……寝る？」

「え？」

春子は気恥ずかしそうに目を逸らした。

「変な意味じゃなく……働いてる満君が寝心地悪いの、申しわけないから」

満雄はごくりと生唾を飲み込んだ。彼女はその緊張に気づいているのかいないのか、黙ってベッド脇を眺めていた。

少し躊躇してから部屋の電気を消し、ベッドに近づいた。彼女がベッドの左側に寄って、背中を向ける形で寝ている。

やましいことがあるわけではない、と自分に言い聞かせ、ベッドの反対側に寝転んだ。背中を向け合って寝る。身じろぎすると、ときおり背中同士が触れ、そのたび緊張が増した。


その日から同棲のような生活がはじまった。会社で理不尽に耐えるだけの地獄の毎日に春が訪れた気がした。

一週間があっという間に過ぎ去った。帰宅を待ってくれている存在のおかげで、ブラック企業で怒鳴られる日々にも耐えられる。

春子への想いは日増しに強まっていく。笑顔を向けられると、胸が高鳴る。

満雄は帰宅すると、玄関ドアを開けた。

「ただいまー」

室内から漂ってきたのは、から揚げの美味しそうな香りだった。

靴を脱いで部屋に入ると、春子が晩ご飯を用意していた。

「おかえりなさい」

毎日出迎えてくれる笑顔とご飯――。〝結婚ごっこ〟みたいな生活を楽しんでいる自分がいる。

満雄は彼女と会話を楽しみながら夕食を食べた。

「春ちゃん、何でも料理上手いんだね」

「花嫁修業のつもりで覚えたの。お父さんのためじゃなく」

「そうなんだ」

「いつか結婚したら旦那さんに食べてもらいたくて。こうして手料理を作って、出迎えて、喜んで食べてもらうことが夢」

「春ちゃんなら叶うよ、きっと」

「……うん。だといいな」

食事を終えると、満雄はゆっくり入浴した。彼女はその後で風呂に入った。

先日、彼女が日用品を買い揃えたときに買ったパジャマ姿で上がってくる。彼女は「恥ずかしいからそんなに見ないで」と言うが、湯上がりの姿は魅力的で、濡れ髪も、艶やかな肌も、石鹸の香りも、全てが扇情的だ。

つい目を逸らした。

彼女は無防備にベッドに腰を下ろした。

満雄は視線を合わせないまま、彼女と話をした。前日の日曜日に一緒に観た映画の話で盛り上がった。

深夜が迫ってきたので、彼女がベッドに横たわった。その姿を見ているだけで心音が速まる。

電気を消して同じベッドに入る。

いつもは背中合わせに寝ているが、今夜は彼女のほうを向いた。肌同士は触れないようにしていたものの、うなじから漂う彼女の香りに興奮が抑えられない。

一緒に暮らすようになってから、一人の時間がなく、溜まったものを発散させていない。

思わず春子の肩に手を回した。彼女がピクッと反応する。だが、拒否の言葉はなかった。

しばらくそうしていた。

やがて、腕の中で彼女が身を翻した。薄闇の中、彼女の顔が眼前にあった。

沈黙を経た後、春子が囁くように言った。

「……いいよ、しても」

「え？」

「私で良かったら――いいよ」

吐息を漏らすように囁かれた台詞に、下半身が昂ぶった。思考回路が麻痺していく。

満雄は彼女の体を抱き寄せ、衝動のままパジャマを脱がせようとした。

上着のボタンを外し、柔らかな胸に触れて躊躇した。

「どうしたの……？」

春子が怪訝そうに訊く。

「俺、実は、その……」

満雄は羞恥を嚙み締めた。

「何？」

「したことがなくて……」

「え？」

「童貞なんだ……」

口にして惨めさを覚え、彼女の胸から手を離した。

童貞だと知られるや、同性からはからかわれてネタにされ、異性からは引かれた。雑巾のように惨めだった。

満雄は目を閉じ、彼女の姿を閉め出した。嫌悪の眼差しと向かい合うことが怖かった。

だが――。

「そんなの、別に珍しいことじゃないよ」

彼女の口ぶりは優しく、見下したり小馬鹿にしたりするニュアンスが全くなかった。

満雄は目を開け、彼女の瞳を真っすぐ見返した。

そして――再び春子の胸に手を伸ばした。その後はひたすら無我夢中だった。

彼女と結ばれた後は、幸福感に満たされていた。人生が輝いている気がした。

しかし――。

4

平和な日々はいつまでも続かなかった。

母親は警察官と連れ立ってアパートをじっと見つめていた。胸の内側に怒りが渦巻いている。

「こういうの、犯罪ですよね」

警察官を一瞥し、問うた。

「……未成年と成人なら、法に反しています」

「絶対に許せません！」母親は金切り声を上げた。「ちゃんと逮捕してください！」

5

「なぜ逮捕されたか分かるよな？　強制性交だ。十七歳の未成年者への」

担当刑事の能嶋(のじま)は、スチール製のデスクに手のひらを叩きつけた。

火薬の破裂を思わせる音が弾けた後、取調室に重苦しい沈黙が降りてきた。

「未成年者への性行為はそもそも淫行だ。いい歳して、子供相手に何してるんだ？」

「同意が……」

ぼそりとつぶやかれた台詞。

「何だって？」

能嶋は耳を寄せるようにした。

「相手も同意していました。望んでいたんです」

「向こう側の親御さんが訴えてるし、本人も否定してる。『その場の雰囲気に流された……』ってな」

「でも！」彼女が声を上げた。「彼は私に好意を持っていたんです！」

強制性交容疑で逮捕されている綾瀬春子は、縋るような眼差しを見せていた。

「相手は十七歳の少年だ。高校を中退して、もう社会に出て働いてるからといって、未成年には違いない」

春子は悄然と肩を落とし、うな垂れた。

被害少年――早川満雄の母親が警察に通報し、事態が発覚した。

「満君は――こんな私に優しくしてくれたんです」

「それが何の免罪符になる？」

「お母さんは料理も作ってくれなくて、私は放置されていて、コンビニで食べ物を買うお小遣いだけ渡されて――」

「お小遣い？」能嶋は呆れてかぶりを振った。「あんたはもう四十だろ」

「年齢のことは言わないでください……」

「世間一般で四十って言ったら、みんな自立して働いて、自分のお金で生活してる。その点、あんたは気楽なもんだな。実家暮らしで、親のお金に甘える生活か。最近、話題の〝子供部屋おじさん〟――いや、あんたの場合は〝子供部屋おばさん〟か？」

春子の顔が引き歪んだ。

「侮辱しないでください……」

「そんなこと言える立場か？　自分が性犯罪を犯した自覚があるのか、あんた」

「私の話を――聞いてください」

今にも消え入りそうな声だった。

能嶋は顎を持ち上げ、話してみろ、と態度で示した。

彼女はわずかに躊躇を見せたものの、苦渋が滴る声でぽつりぽつりと語りはじめた。

「うちの親は最悪なんです。お父さんは脳梗塞になってから自分で生活できなくなって、私とお母さんが世話――っていうか、介護していました。認知症を患ったせいで、怒りっぽくもなって……」

彼女の父親は七十四歳だという。高齢なので、脳梗塞や認知症を発症しても不思議はないだろう。

「病気のせいだって分かっていても、怒鳴られたら腹が立つし、命令されたら反発したくなるし……。それでも、ご飯の用意をして、食べるのを手伝って、おかわりを求められたら従って、テレビのチャンネルを変えてあげたり――。自分で生活できないお父さんの代わりに全部してきたんです」

「……で？」

「でも、お母さんはお母さんで、私のことは放置で、お父さんの介護も手伝うことが当然だ、って態度だし、不満を言っても、養ってあげてるんだから文句を言うな、って……」

「大の大人が実家暮らしで養われているほうがおかしいだろ。親も文句の一つくらい言いたくなる」

「別に今時、珍しくないと思います……」

「それでストレスが溜まったから、四十にもなってセーラー服なんか着て、若い男漁りか？」

「違います……」

「違わないだろ」

「そんなんじゃないんです。私は高校時代が一番輝いていて、好きで……落ち込んだときは、制服を着たら元気になるから、それで……」

「自分の年齢を直視できなかったんだろ。若返った気になって、未成年に手を出した。四十のおっさんが女子高生の部屋に上がり込んで、襲ったら、どう思う？　そんな性犯罪者は去勢しろ、と思わないか？　あんたは同じことをしたんだよ」

春子は再びうな垂れた。

被害者の少年はわりと整った顔立ちだった。野球部員のように地肌が透けるほどの短髪だったが、髪を伸ばせばそこそこモテる風貌に化けるのではないか。目の前の冴えない外見の中年女性とは明らかに釣り合っていない。

彼女は一呼吸置いてから、供述を再開した。その声は打ち沈んでいた。

――いい歳してそんなみっともない恰好して。

高校時代のセーラー服を着ている彼女に母親が言い放った一言が引き金となり、口論になった。そして――衝動的に家を飛び出し、大雨が降りしきる中、コンビニの軒先で雨宿りした。店内に入ると、店員や客から奇異な眼差しを向けられ、居心地が悪くなったという。

「当然だろう。セーラー服を着た中年の女がやって来たら、誰だって不審者のように見る」

「偏見です、そんなの……」

「現実だ」

雨宿りしていると、被害少年に声をかけられた。濡れそぼったセーラー服姿の女にも変人を見るような目を向けず、純粋に心配してくれたという。

「最初は女子高生だと思って話しかけてきたと思います。でも、私が顔を上げて目が合ったとき、そうじゃないって気づいたはずです。それなのに態度を変えませんでした。私の年齢を聞いた後も――。彼の厚意が嬉しくなって、アパートまで付いていきました。それから手料理を作ってあげたりして、世話を焼いて、一緒に暮らすようになりました」

彼女の独白は続いた。

「料理を作って母親のお弁当を連想されたときは、悪気はないと分かっていても、少し傷つきました。年齢差を思い知らされて。でも、彼はこんなおばさんにも本当に優しくて……。どんどん惹かれていきました。そういう生活が憧れだったんです。料理を覚えたのは三年前でした。引きこもりの四十路(よそじ)女じゃ異性に見向きもされなくなって、少しでも男の人に好感を持ってもらえる強みが欲しかったんです。それで覚えたんです。それくらいなかったら、若くて綺麗な女性たちにはとても敵わないから……。結婚生活への憧れを口にしたとき、彼は『春ちゃんなら叶うよ、きっと』って言ったんです。それはどこか他人事(ひとごと)めいていて、ああ、やっぱり私とはそういう連想はしないんだな、って気づきました。その日です、彼と寝たのは。不安に押し潰されそうで、確かな繋がりが欲しくて……」

ベッドの中で十七歳の少年に性経験がないことを告白されると、その無垢さに愛おしさが込み上げ、感情のまま行為に及んだという。

――そんなの、別に珍しいことじゃないよ。

早熟な中高生も多く、性が乱れていると言われがちな昨今だが、十七歳なら決して経験が遅いとは言えない。

未成年の少女への淫行で逮捕されている成人男性のニュースは見知っていたものの、自分たちとは状況が違う、と思い込んでいたという。

彼女は少年と結ばれ、幸せを実感していたらしい。だが、息子の様子を見にアパートまでやって来た彼の母親は、部屋に出入りしている同年代の女の姿を目撃した。ただならぬ関係だと察し、警察に通報したのだ。

「……満君は私を救ってくれたんです。彼も私に好意を持ってくれていました。親の手前、否定するしかなかったんだと思います。本人と話をさせてください」

「本人の意思がどうとか関係ないんだよ。未成年に手を出した時点で罪だ」

彼女は今にも泣き出しそうな顔をしていた。人生で唯一の希望の糸が断ち切れてしまったかのように――。

「私は――」春子は縋るような口調で言った。「そんなに罪なことをしたんでしょうか?」

あまりに思い詰めた口ぶりだったので、能嶋は何も答えられなかった。

麻薬の売人。
麻薬取締官(マトリ)に口を割る
わけにはいかない！
大重泰三は雑居ビルの狭間に
今日も一人立っていた。
買う奴がいるから売る――。
中年、大学生、高校生……
いろんな人間が
薬を求めてやってくる――。
完黙

1

繁華街の路地裏はネオン看板の光も届かず、夜の闇に色濃く塗り込められていた。空き缶や煙草の吸殻があり、破れた政治家のポスターが冷風に吹かれて地面を這っている。

大重泰三（おおしげたいぞう）は雑居ビルの室外機の横に立ち、壁に背を預けた。かじかむ両手をロングコートのポケットに突っ込み、十二月の寒気に耐えた。四十二歳の体にこの寒さはこたえる。

退屈を覚えると、スマートフォンを取り出し、電子書籍のアプリを起動した。適当な漫画を開き、眺める。正義感の強い主人公が巨悪に立ち向かう王道のストーリー。

大重は苦笑いを漏らした。

この漫画の世界なら、自分も主人公に成敗される側だろう。

綺麗事の世界に興味が湧かず、漫然と一巻を読み終えたころ、路地裏に人影が進み入ってきた。

大重は目を細めた。

姿が視認できる距離になると、幼い顔立ちの少年だと知れた。茶髪に染めて、一目で安物と分かるダウンジャケットを着ている。

立ち小便でもしに路地裏へ踏み入ったのか、それとも――。

その答えはすぐに分かった。

「気持ち良くなりたいんだけど――」

大重は唇を緩めた。

「売春（ウリ）をしたいなら、表通りで酔っ払ったサラリーマンにでも声をかけろよ」

「はあ？」

少年が間の抜けた顔をした。だが、意味を理解したとたん、「ふざけんなよ、おっさん」と声を荒らげた。

「気持ち悪いこと言うなよ」少年は左の二の腕に注射を打つ仕草をした。「こっちの話してんだよ」

大重は嘆息を漏（も）らした。

「ガキがイキがるな」

少年が反発心をあらわにした。

「ガキって……俺は高校生だぞ、もう」

「そんなことが反論の材料になる、なんて考えてる時点でガキなんだよ」

少年が紅潮した顔を歪（ゆが）めた。羞恥ゆえか、怒りか。赤らんだ顔の裏にある感情は分からない。

少年はジーンズのポケットから皺（しわ）くちゃの五千円札を取り出し、「ほら！」とぶっきらぼうに突き出した。

「金ならあるんだ。売ってくれよ」

大重は鼻で笑った。

「ママから貰（もら）った小遣いか？　五千円ぽっちが金か」

「金だろ」

「……金には違いないがな。そんなもん、金があるうちには入らねえよ」

「何だよ、これじゃ足りねえってのかよ」

「ああ、足りねえな。俺が扱ってんのは、果汁九十五パーセントの高級コーラなんだよ」

大重は少年の顔つきや手を観察した。中毒者特有の表情や仕草はない。そもそも、隠語も使えない時点で興味本位の未経験者だと分かる。

「樋口一葉一枚で体験したきゃ、葉っぱにしておきな」

「ぶっ飛びたいんだよ、俺は！」

「俺は体験学習のボランティアはしてねえ。お得意様にならねえガキに売ってやるコーラはねえよ」

「そんなの分からねえだろ」

「今、皺だらけの五千円札しか出せねえガキが、来週は万札を何枚も持ってこれんのか？　売ってほしけりゃ、コンビニでも襲って出直してこいよ」

無茶を承知で言ってやる。

少年は歯嚙(はが)みし、怒りの籠もった鼻息を吐いた。歯軋(はぎし)りの音が聞こえてきそうだ。

「警察(サツ)に密告(チク)ったっていいんだぞ」

大重は少年に一歩詰め寄った。相手が気圧(けお)されて後ずさる。壁に背中を押され、硬直する。

「その台詞(せりふ)――」大重は凄みを利かせた。「生半可な覚悟で言ってねえよな。一度口にした以上、ハッタリじゃすまねえぞ」

少年は視線を泳がせた。

「い、いや――」

声に怯(おび)えが忍び込んでいる。

「もし誰かが密告(チンコロ)してサツの影が見え隠れしたら、俺は真っ先にお前を疑う。今の台詞でお前はもしものときの第一容疑者になったってことだ」

少年は目を瞠(みは)った。口走った台詞の危うさを理解したらしく、黒い瞳に動揺がちらついている。

「俺がサツに目をつけられねえよう、神様に祈っておけ。チンコロの報復で東京湾に浮かびたくなきゃな」

少年は悲鳴を押し殺したような声を漏らし、一目散に路地裏から逃げ出した。

大重は遠のいていく少年の背を睨(にら)みつけたまま、路地裏にしばらく突っ立っていた。シャツの胸ポケットから煙草を取り出し、ライターで火を点ける。

一服した。煙草の細長い煙が哀れな人間の魂であるかのように、闇夜に向かってゆらゆらと昇っていく。

煙草が短くなったとき、路地裏に靴音が入ってきた。

顔を向けると、痩せぎすの中年男だった。一重まぶたの目は細く、常に何かを睨みつけるような顔つきをしている。

「小袋(パケ)二つ」

今度は常連客だ。

中年男はさりげなく一万円札を数枚、差し出した。

受け取って金額を確認する。

七万円。

コカインの一グラム当たりの末端価格は、約二万円だ。当然、純度が高くなるほど金額は上がる。

大重は路地裏の奥の空き地へ行き、飲料の自動販売機に近づいた。硬貨を入れ、適当にボタンを押した。腰をかがめ、缶ジュースを手に取りながら取り出し口にパケを二つ落とした。

それから路地裏へ戻った。

中年男を一瞥（いちべつ）し、親指で奥を指差した。

中年男は空き地へ歩いていく。そして——自動販売機で飲み物を買い、缶を取り出した。その際にパケを手にしているだろう。もし誰かに目撃されたとしても、自動販売機で飲み物を買っているだけにしか見えない。よもや、コカインの受け取りが行われているとは想像もできないはずだ。

中年男は路地裏に戻ってくると、「また頼むよ」と言い残して立ち去った。

これが土日の本業だった。

2

平日は馬とボートだ。

競馬場やボートレース場に通い詰め、万札が一瞬で紙くずと化した。汚れた金が泡と消える。

「……やってられねえな」

　大重は思わず毒づき、馬券を破り捨てた。ベンチ席を蹴り飛ばしたとたん、禿頭の男から非難するような眼差しを受けた。舌打ちし、「何だよ！」と凄んでやると、相手は卑屈な薄笑いを浮かべてそそくさと逃げ去った。

　大重は競馬場を出ると、その足でパチンコ店に向かった。空いている台で二時間ばかり打った。玉があふれ出るような幸運には恵まれず、土日で稼いだ金は消し飛んだ。

「クソッ！」

　台を蹴りつけると、二十代と思しき男性店員がやって来て、「お客様――」と咎める声を発した。

　大重は舌打ちすると、パチンコ店を出た。コートの襟を掻き合わせ、ポケットに手を突っ込んでアパートに帰宅した。築四十年の建物は、失火一つで全焼しそうだ。建築基準法もどれだけ守られているか、分かったものではない。

　大重は冷蔵庫を開けると、コンビニで購入しておいた牛丼を取り出した。生卵を落とし、缶ビールを飲みながら食べた。麻薬の密売で稼いだ金はギャンブルで全て消える。食生活も質素そのもので、誰もが麻薬を売り捌いているとは思わないだろう。

　大重は翌週も同じく路地裏に立った。二人の客にコカインを売り、一見の女子大生を追い返した。

　四人目の客は四十絡みの男だった。左右には壁しかないにもかかわらず、落ち着かなげにきょろきょろと周囲に目を走らせている。焦点が定まっていない。

「コーク頼むよ」

男は自動音声のように無感情な声で言った。右手で左の前腕をせわしなく掻いている。

蟻走感(ぎそうかん)——か。

文字どおり、蟻が肌を這うような痒(かゆ)みを覚える異常知覚で、コカイン中毒者の典型的な症状だ。

「三枚半だ」

男はうなずくと、財布から一万円札三枚と五千円札を取り出した。大重は金を受け取り、「待ってろ」と言って空き地へ向かった。自動販売機で飲み物を買いながら小袋(パケ)を隠す。

路地裏に戻り、男に「飲み物を買え」と命じた。

男は眉根を寄せたものの、黙ってうなずき、空き地へ向かった。自動販売機を利用する。

そして——戻ってきた。

男はにやりと笑い、指に挟んだパケを見せつけた。

「おい！」大重はドスを利かせた。「見せるな。何のためにこんなやり方してるか、分かってんのか？」

男は笑みを崩さなかった。

「分かってるさ」

今度の声は明瞭で、感情があった。先ほどまでの虚(うつ)ろな眼差しとは打って変わって、睨みつけるような目は意志的だった。

「なかなか手の込んだ手口してやがる」

「何だと？」

「匿名の密告(タレコミ)があってな」男は黒色の手帳を提示した。「俺は麻薬取締官(マトリ)だ」

3

逮捕され、連行されたのは厚生局麻薬取締部にある取調室だった。殺風景な一室に机があり、パイプ椅子が向かい合っている。

大重は命じられるままパイプ椅子に腰を下ろした。

向かいに座ったのは、囮(おとり)捜査を行った先ほどの麻薬取締官(マトリ)——速水(はやみ)と名乗った——だった。麻薬中毒者を演じていたときとは別人だ。眼光は鋭く、小動物なら睨みつけるだけで殺せそうだ。

薬物取り締まりの専門家である麻薬取締官は国家公務員で、所属する麻薬取締部は厚生労働省の管轄だという。その程度の知識はある。インターネットで調べたことがあるからだ。

「名前は？」

速水が訊いた。

大重は無言で応えた。

「名前くらい教えたらどうだ？　調べたらすぐ分かるんだぞ」

身分証の類いは所持していない。

どうせ家宅捜索されたら分かるだろう。丸一日見張られていたなら、アパートはもう突き止められているはずだ。表札は『山田』という偽名だが、室内には保険証など、本名——大重泰三

――に繋（つな）がる手がかりがある。

大重はまぶたを伏せ、ため息をついた。間を置いてから、速水に目を戻す。

しばらく視線が交錯した。

「……質問を変えよう。麻薬（ヤク）はどこに保管してある？」

速水が語気も鋭く問いただした。

大重は太ももの上で拳を握ったまま、答えなかった。

身体検査でも出てきた小袋（パケ）は五つのみ。自分が使う目的だと言い張っても通じる量だ。

「お前がヤクを売ってんのは分かってんだよ。あれっぽっちじゃないだろ？」

大重は黙って速水を睨み返した。

「今日は客がひっきりなしで、ほとんど売れたってか？」

無言を貫く。

「そんなわけねえよな。路地裏に入っていったのは俺が四人目だ」

決まった時間にコカインが補充される仕組みだが、公衆トイレの個室の便器のタンクの中、公園の花壇の土の下、路地裏の室外機の底など、場所は毎回変わる。売人はそこから麻薬を回収し、売り捌くのだ。大量に所持していなければ、捕まっても罪が軽くなる。

「なあ、俺が興味あるのはもっと上なんだよ。元締めは？」

大重は唇を結んだまま開かなかった。

この世界は信頼が全てだ。成り上がろうと思えば、情報を売ることはできない。

速水が机に手のひらを叩きつけた。

「黙ってないで何か言え！」

怒声に鼓膜が震えたが、大重は無視を決め込んだ。

速水は眉間に縦皺を刻んだ。

「……カンモクか」

完黙――。

完全黙秘。

「一言でも喋ったらどうだ？　バックには誰がいる？」

速水は暴力団の名前を列挙した。

大重は鼻で笑いそうになった。無能な麻薬取締官ごときに元締めを突き止めることができるのか。

そもそも、コカインの供給元である男は、売人に身分を明かしていない。暴力団員なのか、大陸マフィアと繋がっているのか、それとも、イランやナイジェリアの組織と関係があるのか。

一番逮捕のリスクが高い売人が――〝トカゲの尻尾〟が元締めの情報など持っているはずがない。

「顧客のリストは？」速水が身を乗り出した。「誰に売った？　芸能人は？　スポーツ選手は？」

大重は冷めた一瞥を返した。

一言も喋らない覚悟が見て取れたのか、速水は怒りを抜くように大きく嘆息した。

「……この前、妻をナイフで刺した男を逮捕した」

唐突な話題の転換だった。

大重は片眉をわずかに持ち上げた。

「男はコカイン中毒者だった。浮気されているという妄想に囚われて、妻を部屋に軟禁し、人前に出られないよう髪を剃り落とし、化粧も禁じていた。コカインで興奮するたび、妻を殴ったらしい。保護された妻は肋骨を二本骨折していて、顔もアザだらけだった。想像してみろ」

大重は鼻頭を掻いた。

間を置き、速水が怒気を嚙み殺したような語調で言った。

「依存症になった人間の末路が分かるか？　雪を見たらコカインや覚醒剤の白い粉を連想する。金がなくて麻薬（ヤク）を買えなきゃ、空の注射器の針を刺したり抜いたりして、打っているつもりになる。打ったら打ったで興奮し、攻撃的になって恋人や配偶者に暴力を振るう。疑心暗鬼になって他人を傷つける。麻薬ってのは本人だけじゃなく、その周りの人間も不幸にする」

速水は机を激しく叩いた。

「お前は不幸を売ってるんだ！」

大重は一切の返事をしなかった。

その後も苛烈な取り調べは続いた。翌日には家宅捜索で本名がバレた。

「大重」速水がプレッシャーを与えるように本名を呼んだ。「素直に吐いたほうが身のためだぞ」

――どれほど脅されようと、上の人間の情報は漏らさない。

大重は最初から覚悟を決めていた。

「大重。お前、前科（マエ）があるよな」

無反応を貫くのは難しかった。唇の片端がピクッと痙攣（けいれん）した自覚があった。

速水はその反応を見逃さなかった。

「警察に照会したよ。三年半前、当時の妻がお前のＤＶを何度か警察に相談してる。暴力的な傾向があるようだな。三年前には麻薬取締法違反で起訴されて、執行猶予二年の判決を受けてる。しかも、お前は――」

揺さぶりであることは分かっている。過去を突きつけることで動揺を誘って、口を開かせようとしているのだ。

相手の思惑に乗るつもりはない。

大重は完全黙秘を貫いた。

三日、四日、五日――と日にちが過ぎていく。

「誰からヤクを受け取ってる？」

「このまま黙秘を続けてたら実刑だぞ。刑務所に入りたいか？」

速水が〝鬼の速水〟の呼び名で恐れられているベテランの麻薬取締官（マトリ）だと知ったのは、他の取締官による取り調べの際の雑談だった。実際は雑談を装って、沈黙は自分のためにならないぞ、というプレッシャーを与えたかったのだろう。

だが――。

失うものがない人間に怖いものなどない。

完全黙秘のまま起訴され、懲役二年の実刑判決を受けたが、大重は一切の情報を漏らさなかった。

4

二年半後――。

大重は繁華街の奥まった場所の雑居ビルにある雀荘のドアを開けた。あちこちの雀卓から牌を掻き交ぜる音がしている。店内は男ばかりで、煙草の煙が充満していた。昭和の遺物のような店だが、喫煙者には重宝されている。

一番奥の雀卓に見知った顔を見つけた。近づいていくと、岩嶋――本名かどうか知らないが、三年前にそう名乗っている――が顔を上げた。

大重は無言で軽くお辞儀をした。

「……出てきたんだな」岩嶋は地の底を這うような低い声で言うと、対面の冴えない外見の禿げ頭の中年男に命じた。「席、空けろ」

中年男が「え？」と困惑を見せる。

「交替だ」

「で、でも――」

「交替だって言ってんだろ」

大重は中年男の牌を一瞥した。五巡目で早くも〝清一色〟が見えている。この状況で追い払われたくはないだろう。点棒を見るかぎり、相当負けているようだ。

だが、強面（こわもて）の岩嶋がねめつけると、中年男は渋々といった顔で立ち上がった。

「おい！」岩嶋が一喝する。「負け分は払っていけよ」

中年男は泣き顔で財布を取り出した。金を受け取った岩嶋が大重に顔を向ける。

「久々のシャバの空気はどうだ？」

大重は上家（カミチャ）と下家（シモチャ）の二人に目をやった。その視線に気づいた岩嶋が薄笑みを浮かべた。

「心配すんな。こっちの二人は下の者（もん）だ」

大方、グルになってイカサマでもして、哀れな中年男をカモにしていたのだろう。もっとも、三人がグルだと取り分はかなり少なくなるだろうが。

大重は手のひらの扇で煙草の煙を掃くようにした。

「肺に悪そうだ」

岩嶋は一瞬遅れて意味を理解したらしく、大笑いした。

「刑務所（ムショ）暮らしですっかり健康体か？」

大重は対面の席に腰を下ろした。

岩嶋は手牌を倒すと、牌を掻き交ぜはじめた。この雀荘は何から何まで古臭く、全自動の雀卓を導入していない。

「……カモにされるつもりはない」

大重は言った。

岩嶋が牌を積みながら笑った。

「お前からカモろうなんて思ってねえよ。どうせ文無しだろ」

大重は鼻を鳴らすと、牌を積むのを手伝った。

「……完黙だったってな」

岩嶋が牌に視線を落としたままつぶやいた。

大重はわずかな笑みで応えた。

「実刑二年——か」岩嶋が言った。「長かったろ」

牌を並べ終えると、麻雀をはじめた。配牌は悪く、聴牌（テンパイ）まで持っていけるかも怪しい。

「……ああ、長かった」

大重は字牌を捨てながら答えた。

「弁護士は無能だったのか？」

「国選だよ。誰が弁護しても、二度目じゃ執行猶予は無理だな。裁判官にしてみたら、反省の色がない犯罪者だからな」

国選弁護人は反省の弁を述べて更生を誓うよう、勧めてきた。だが、従わなかった。

裁判でも最後まで完黙を貫いた。答えたのは人定質問——名前や住所の確認だけだ。

「そうそう、前科（マエ）があるんだったな」岩嶋はわざとらしく笑うと、下っ端二人を見た。「こいつは実の娘を麻薬（ヤク）漬けにして、死なせてんだよ」

下っ端二人が目を剝（む）き、大重の顔を凝視した。瞳には畏怖の念が宿っている。

大重はかぶりを振りながら答えた。

「……人聞き悪いこと言うな。依存して勝手に打ちすぎて、俺が気づいたら過剰摂取で事切れてた。俺が悪いんじゃねえ」

「だからってヤク漬けにすることはなかっただろ」

岩嶋が苦笑した。

娘が変死して司法解剖され、コカインの過剰摂取が発覚した。

岩嶋が言った。

「ヤクなんざ、身内に打つもんじゃねえよ。馬鹿な連中に捌いて、食い物（もん）にするのが一番だ」

下っ端二人が乾いた笑いを漏らした。いつの間にか全員の麻雀の手が止まっていた。

「何にせよ、もう俺はこの世界で生きていくしかない。今さらまっとうな人生は送れない」

「表社会より差別はねえぜ。極道はどんな前科（マエ）があっても成り上がれる世界だ」

「俺は極道じゃない」

「売人がいいのか？　極道より底辺だぜ」

「……差別がないんじゃないのか？」

言い返すと、岩嶋が笑い声を上げた。

大重は肩をすくめてみせた。

岩嶋が下家の捨て牌――『發（ハツ）』を〝ポン〟した。河に三元牌――『發』『白（ハク）』『中（チュン）』――が出ていない。岩嶋に集まっている可能性はあるだろうか。

大重は手牌の『中』を見た。

役に活かせないので邪魔ではあるものの、役満の〝大三元〟に振り込むリスクを考えれば抱えておくしかない。

そこまで考えて、真面目に勝負している自分に苦笑した。躊躇（ちゅうちょ）せず『中』を捨てた。〝ポン〟はされなかった。

本題は別にある。

「金が欲しい」

岩嶋が顔を上げた。

「金——か。どうせギャンブルに消えるあぶく銭だろ」

「元銭がなきゃ、馬券も買えない」

岩嶋は大重を指差すと、下家と上家の下っ端二人を交互に見ながら言った。

「こいつは根っからのギャンブル狂でな。麻薬（ヤク）を捌いた金を全部、馬とボートとパチンコにつぎ込んでる」

下っ端が「そうなんすね……」と相槌（あいづち）を打つ。

岩嶋が大重に顔を向けた。

「ま、金云々（うんぬん）じゃなく、お前は戻ってくると思ってたよ」

「なぜ？」

「お前にはこの世界しかねえだろ」

そのとき、壁の上部に備えつけられた薄型テレビが緊急速報のアラームを発した。

大重はテレビに顔を向けた。

画面には『福岡市で立て籠もり事件発生』と赤色のテロップが表示されている。右上には『ＬＩＶＥ』の四文字。空撮でリアルタイムの映像が流れている。

アパートの一室の窓から顔を出している男が拳銃を振り回して威嚇している。遠巻きに警察官と機動隊が陣取っていた。緊迫した雰囲気が画面ごしにも伝わってくる。

アナウンサーの実況によると、男は元妻と娘との面会を要求しているという。「俺は被害者だ！」と叫び立てているらしい。男は、元妻が自分を盗聴していると主張していた。

「どう思う？」

岩嶋がテレビを観ながら水を向けてきた。

「……目が血走ってるし、発言も支離滅裂だ。十中八九、ヤクだな。覚醒剤かもしれん。被害妄想は典型的な症状だ」

「物騒な世の中になったもんだ」岩嶋は他人事のようにつぶやくと、自分の台詞を愉快がるみたいに笑いを漏らした。「言いがかりで突然ぶち切れるような奴は、大抵、やってやがる。ま、最近は誰もが被害者ぶって他人にぶち切れて難癖つけてるから、ヤク中との区別はつかねえな」

「あんたにとっちゃ、ヤク中の暴走なんか、日常茶飯事だろ」

「首都高を逆走してガードレールに突っ込んだ馬鹿とか、街中でナイフ振り回した馬鹿なら、何人も見たよ。迷惑だよな」

大重は「ああ」と相槌を打った。

岩嶋が唾棄するように言った。

「こういう馬鹿が捕まって、警察やマトリに入手ルートをべらべら喋りやがる。素人には義理人情も根性もねえしな」

「実際、マトリの取り調べは過酷だったよ。あの手この手で揺さぶってくる。実刑をちらつかせた直後には、別の取締官が優しく甘言を囁(ささや)く」
「お前は耐えきったんだから大したもんだよ」岩嶋が大重を指差しながら下っ端たちに言った。「こいつは日常的に嫁に暴力を振るってたんだが、さすがに娘の件で愛想を尽かされて、離婚。その後はアパートで寂しく独り暮らししながら売人をして、二年半前に逮捕された。だが、マトリの厳しい取り調べにも完黙を貫いて、実刑食らってな。お前らも見習えよ。命より大事なのは口の堅さだ」

　下っ端二人が「はい！」と声を揃える。

「お喋りだな」大重は苦笑いした。「誇るようなことじゃない。俺なりの筋(スジ)だよ」

「その筋が一番大事なんだよ。最近じゃ、自分(てめえ)可愛さでピーチクパーチク囀(さえず)る奴が多い」

「金儲けさせてくれた恩人を売るわけがない。信頼がなきゃ、生きていけない世界だろ」

「一本気な性格だ。今時、珍しい」

　テレビ画面では依然として膠着(こうちゃく)状態が続いていた。アナウンサーが一発の発砲があった事実を告げている。銃社会のアメリカなら、今ごろ犯人の射殺で事件が終わっているかもしれない。

　岩嶋が唐突に訊いた。

「で、お前はどうしたい？」

　抽象的な質問だ。

　大重は少し考えてから答えた。

「成り上がりたい」

　岩嶋が「ほう？」と右眉を持ち上げた。

「底辺で地べたを這いずり回る生活はごめんだ。路上で麻薬を捌く売人で終わる気もない。だが、今はまだそれでも構わない。俺には何の実績もないからな」

「お前の根性なら上は狙えるさ」

「またヤクを回してくれるか？」

岩嶋が薄笑いを浮かべた。

「ああ、回してやる。むしろ、こっちも助かる。なかなか信頼できる奴はいねえからな」

大重はうなずいた。

「でかく稼がせてくれ」

「でかく？」

「貧乏人にちまちま売っていても、大した儲けにならない。シャバに出たばかりで金に困ってんだ」

岩嶋は少し考える顔をした。

「……上客を相手にするか？」

大重は顎を撫でた。

「上客とは？」

岩嶋が麻雀を再開し、にやりと笑う。

「芸能人やスポーツ選手だよ。会員制のクラブで売り買いしてるから、街の路地裏で素人に捌くより安全だし、儲けも安定する」

「そりゃいいな」

「ああいう世界の奴らは海外にロケに行ったり遠征したりするだろ。そこで麻薬の味を覚えて帰国するんだよ」

「なるほど。稼いでる連中相手なら、こっちもリスクは少ないな。正直、路上だと、金がないヤク中に襲われることを警戒しなきゃいけないし、気が抜けなかった」

「逮捕（パク）られたのも密告（タレコミ）のせいなんだろ？」

「ああ。だが、誰の仕業か分からん。金がなくて追い返した高校生かもしれんし、違うかもしれん」

「その点、有名人は自らタレ込んだりしねえから安心だ」

「そりゃ、失うものがない一介の売人と、地位も名誉もある有名人じゃ、受けるダメージが違いすぎるからな」

「だからこそ向こうにとっても、信頼できる売人は貴重だ。ヤクは弱みになるからな。脅迫されたり、サツに売られたりしたらたまらねえ。みんな安心して楽しみたいのさ」

大重は自牌と睨めっこしながら訊いた。

「で、俺にそれを任せてくれるのか？」

「ああ」

大重は『三索』を捨てた。

「そこから成り上がってやる」

順番が回り、岩嶋が『二萬』を捨てた。大重はその牌を睨み、宣言した。

「ロン」

5

クラブミュージックが耳を聾さんばかりの大音量で流れ、紫がかった照明が店内を怪しい雰囲気に染めていた。動く青とピンクのサーチライトがレーザー光線めいて交錯する中、台座の中央に伸びるポールにランジェリー姿の女性が絡みついていた。

ポールダンスだ。

女性はポールに逆さまにしがみつき、伸びやかな脚をY字に――いや、水平に開き、蝶のように舞っている。

大重はダンスを横目に見ながらテーブル席のあいだを通り抜け、奥の半円を描くサーキュラー階段に向かった。階段の前にはプロレスラーのような体軀の黒服が陣取っている。

目が合うと、黒服は無言で前を空けた。二ヵ月も経てばもう顔パスだ。

大重はサーキュラー階段を上った。二階から見下ろすと、店内の様子が一望できる。

場末のストリップショーのような寂れた雰囲気の店とは異なり、酒を飲む客たちには品性があった。ダンサーに手を伸ばしたりせず、下品な言葉で絡んだりもしていない。

さすが会員制の高級クラブだ。

半ば感心しながら通路を通り、奥のＶＩＰルームへ向かった。長身の黒服が立っている。

「伺(うかが)っています」黒服がドアを指し示した。「こちらへどうぞ」

大重は黙礼し、ドアを開けた。笑い声が聞こえてきた。筋肉質の男がソファにふんぞり返り、両脇に美女を従えていた。

男に見覚えがあった。

現役のプロ野球選手だ。今は二軍だっただろうか。四番バッターとして甲子園で活躍し、鳴り物入りでプロ入りしたはずだ。だが、プロ野球の世界では振るわず、出番を失っていた。

大重は大理石の天板が張られたローテーブルに近づいた。猫脚はマホガニーだろうか。

野球選手が無言で財布を取り出し、十数枚の一万円札を抜いた。差し出された紙幣を受け取り、枚数を数える。

十六枚あった。

大重は二重になっている内ポケットから小袋(パケ)を四つ出し、ローテーブルに置いた。

両隣の美女はパケを一瞥したものの、何も言わなかった。おそらく一緒に使うのだろう。

芸能人、スポーツ選手、実業家、イケメンアイドル――。この二ヵ月間で性別や年齢問わずいろんな有名人とコカインの取引をしてきた。

世も末だな――と思う。

大重は表情を変えず、部屋を出た。長身の黒服の横を抜け、サーキュラー階段へ向かった。そのとき、上がってくる二人組がいた。一人は岩嶋で、もう一人は知らない男だ。中肉中背で、派手な白のスーツを着ており、整髪剤で黒髪を撫でつけている。

大重は立ち止まった。

岩嶋が「よう!」と挨拶した。そして――隣の男に顔を向けた。

「若頭（カシラ）だ」

男が「権堂（ごんどう）だ」と言った。名乗っただけで相手に威圧感を与える声質だ。双眸（そうぼう）は刃物のように鋭く、笑いながら他人を殴れる酷薄さが表情に表れている。

「大重――です」

大重はお辞儀をした。

権堂の胸には鬼叉組（おにまた）の金バッジ――代紋――があった。なかなかの大手だ。

「近くに来たついでに挨拶しておこうと思ってな」

権堂が顰（しか）めっ面（つら）のまま言った。

「感謝しろよ」岩嶋が囁くように言った。「カシラ直々に来てくださったんだ」

ついに認められたのだ。

興奮が突き上げてくる。

大重は改めて権堂に一礼した。

「かしこまんな」

権堂は奥の部屋を指差し、歩きはじめた。岩嶋と並んで後をついていく。

部屋の前に着くと、岩嶋が進み出てドアを開け、権堂に「どうぞ」と頭を下げた。

「おう」

権堂は進み入ると、中央のソファに腰を下ろした。股を開き、煙草を取り出して咥（くわ）える。岩嶋がすぐさまライターで火を点けた。

権堂は一服すると、「まあ、座れ」と命令した。岩嶋が側面の一人用ソファに座った。

大重は反対側のソファに腰を落ち着けた。室内には緊張した空気が立ち込めている。それは若頭としてくぐってきた修羅場が醸し出す権堂の威圧感だろうか。

「シャンパンを、マグナムだ」

権堂が命じると、岩嶋がすぐさま立ち上がり、備え付けの電話で注文した。それからソファに戻る。

間を置き、権堂が大重に目を向けた。

「なかなか頑張ってるらしいじゃねえか」

大重はお辞儀をした。

「恐縮です」

「組の者(もん)は使えねえからな。逮捕(パク)られたときに芋づるだ」

売人など、所詮、末端も末端。トカゲの尻尾だ。ヤクザにとってはいつでも切り捨てられる存在だ。

だが、それでも構わない。

「まあ、今日はねぎらいの日だ」

やがて店員がシャンパンを持ってきた。ローテーブルに三つのグラスを置き、シャンパンを注ぐ。

店員が出て行くと、権堂がシャンパングラスを取り上げた。倣って大重と岩嶋もグラスを手に取った。

「稼ぎに乾杯！」

権堂がグラスを掲げた。

大重も岩嶋と共に応じた。

権堂がシャンパンを呷る。

「……最近じゃ、麻薬も高騰してな。イラン人どもが足元見てきやがる。今は南米ルートを開拓中だ。安く仕入れられりゃ、しのぎも安定する」

大重は高級なシャンパンを味わった。

「俺みたいな売人にはその恩恵はないでしょうね」

権堂が豪快な笑い声を上げた。

「組のために働き続けりゃ、そのうち、もっと稼がせてやる」

大重は「頑張ります」とまたお辞儀をした。

6

大重は繁華街を歩き、会員制クラブに向かった。若頭との顔合わせから三週間が経っていた。そのあいだ、薬物に嵌まった二流、三流の有名人にコカインを届けてきた。国民的ドラマに名脇役として出演しているイケメン俳優や、逮捕が報じられたら大作映画がお蔵入りになるような女優、全国ツアー真っ最中のミュージシャン、SNSで大麻解禁を訴えているラッパーなどもいた。

クラブに着くと、店内に進み入ろうとした。突然、眼前に人影が立ち塞がった。

大重は驚き、思わず一歩後ずさった。

立っているのは――麻薬取締官(マトリ)の速水だった。約三年ぶりに顔を見た。決して忘れられない顔だ。

「久しぶりだな、大重」

大重は答えず、速水の険しい眼差しと向き合った。

「俺が何で来たか分かるよな?」

速水の問いに無言を返した。

「今度は会員制クラブで密売(バイ)か?」速水は令状を示した。「逮捕状(フダ)が出てる」

大重は小さく息を吐いた。白い息が夜に霧散する。

「逮捕した俳優が吐いたぞ」

おそらく、情報を得て何日も前からクラブを張っていたのだろう。動きは筒抜けだったに違いない。

大重はさりげなく周辺に目を這わせた。

「逃げられないぞ。周りは固めてる」

注意深く確認すると、たしかに取締官らしき私服の姿が何人か目に入った。

大重は素直に速水に付き従って車に乗った。連行された先は、三年前と同じ厚生局麻薬取締部の取調室だった。パイプ椅子に座って向かい合う。

速水が机の上で両手の指を絡めた。

「大重、実刑食らっておきながらお前も懲(こ)りねえよな。こんなに早く裏社会に復帰か」

大重は沈黙を続けた。

速水がうんざりしたように鼻を鳴らした。

「また黙秘か。反省の色ゼロ。今度は何年になる？　しばらくシャバには戻れねえぞ」

大重は黙ったまま眉間の皺を揉んだ。

速水が嘆息を漏らし、わずかに身を乗り出した。

「仕入れ先は？　一介の売人が入れるクラブじゃねえだろ。バックに組織があるよな？」

大重は緊張を抜くために深呼吸した。

「……今回も完黙か？」

大重は速水の目を真っすぐ見つめ、口を開いた。

「鬼叉組です」

大重は速水の表情を窺った。

速水は言葉を失っていた。取調室に奇妙な空気が流れた。

「仕入れ先は鬼叉組です」

繰り返すと、速水は我に返ったらしく、「鬼叉組？」とおうむ返しに訊いた。

三年前に完黙を貫いた売人の言葉を鵜呑みにしていいのかどうか、判断しかねているようだ。

「若頭の権堂が元締めで、若衆の岩嶋が仲介役を担っています。裏にはイラン人の密輸組織があります。酒の席で権堂がイラン人の組織について触れました」

速水が緊張の絡んだ息を吐いた。

「それは本当か？」

「はい」

「ガセネタを摑(つか)ませようとしてるんじゃないのか」

「事実です」

「だとしたら、なぜこんな簡単に喋る？　実刑食らってまで完黙を貫いたお前だ」

「三年前は仕入れ先を知らなかったんです」

速水は首を捻った。

「岩嶋に信頼されれば、薬物の仕入れ先の情報を聞けるかもしれません」大重は決意を拳に握り込んだ。「俺は岩嶋の信頼を得るため、完黙を貫いたんです」

7

困惑をあらわにする速水に対し、大重は語った。

「疑り深い裏社会の人間の信頼を得るのは生半可なことでは無理です。普通にすり寄っても、それこそあなた方麻薬取締官(マトリ)の囮捜査を疑われるでしょう？　しかし、逮捕されても完黙を貫けば、こいつは絶対に客や仕入れ先の情報を漏らさない奴だ、と信じさせられます」

速水はその話をどう受け止めるべきか葛藤しているらしく、渋面のままだった。

「……急に更生したってのか？　娘を過剰摂取で死なせた後悔とか言うつもりか？」

大重は視線を壁の隅に逃がした。

「娘を死なせたのは俺じゃありません」

「あ?」

「……妻です」

大重は唇を噛み締めた。

薬物を使っていたのは妻だった。

自分は中小企業の課長として朝から晩まで働き詰めで、夫として何も知らなかった。家庭のことは妻に任せきりだった。気づいたときには妻はどっぷりと浸かっていた。悪い連中と付き合いがある高校時代の男友達から譲り受けたのがきっかけだった。

依存するうち、「痩せられるし、楽しい気分になる」と高校生の娘にも勧めていたという。それを知ったとき、思わず手を上げた。暴力はそれが最初で最後だった。

だが、コカインに依存した妻は、典型的な症状である被害妄想に陥り、自分が薬物を使用しているにもかかわらず、『夫に暴力を振るわれた』と何度も通報するようになった。妻の中毒を隠すため、やって来た警察官には『家庭内のいざこざで――』と謝罪した。

妻の薬物依存をどうすればいいのか。

公にはできない。そうして問題を先送りしているうち、悪夢は起こった。娘がコカインの過剰摂取で死亡したのだ。

当然、死因は警察の知るところとなり、取り調べを受けた。

麻薬をやめると宣言した妻の後悔の言葉を信じ、自宅から出てきたコカインの罪は自分が引っかぶった。死んだ娘が自分の意思でコカインを使ったことが知れ渡るのはあまりにも可哀想で、父親である自分が強要した、という筋書きを語った。

執行猶予付きの判決で、実刑こそ免れたものの、自責の念に駆られた妻から離婚届を突きつけられた。

それが事の真実だった。

語り終えると、速水は啞然としていた。

「その後、密売の世界に足を踏み入れたのは――?」

警察はなぜ薬物を野放しにするのか。

犯罪者に家族を殺されたら、加害者を憎めばいい。だが、薬物に殺されたら誰を憎めばいい?

胃の奥底でやり場のない怒りが燃えたぎっていた。その怒りを一体誰にぶつければいいのか、苦しむ毎日だった。

「妻が弱かったと非難されたらそのとおりかもしれませんが、家庭を狂わせ、娘の命を奪った薬物が許せなかったんです。インターネットで麻薬取締官の存在も知りました。それなのに、世の中から一向に薬物は消えません」

娘を死に至らしめた薬物で儲けている連中がいる――。それだけではらわたが煮えくり返り、血管が切れそうだった。

「我々も摘発に全力を注いでる。それでもいたちごっこだ」

「元締めを突き止めて叩き潰せないなんて、麻薬取締官も警察も無能だと思いました。だから自分で情報を集めてやろう、と考えたんです」

娘を失い、妻とは別れた。前科もある。娘に謝りたくても手遅れで、やり直すこともできない。

もう平和な日常は取り戻せない。失うものがない人間に怖いものはない。

「だからといって、麻薬を売り捌く側に回ったら本末転倒だ。買った人間が不幸になる。マトリも、売人に扮するような、犯罪を誘発する囮捜査は認められていない」

「許されているのは客を装って買う――までですよね？」

「囮捜査で麻薬を買うには、ちゃんと厚生労働大臣の許可を得なければいけない。無法に好き勝手はできない」

「法に縛られていたら、麻薬ははびこるばかりです。俺は売人をしましたが、子供や女性には決して売りませんでした。高校生が興味本位で買いに来たらこういう世界に近づかないよう脅しつけたり、一見の女子大生を追い返したり――」

速水は顔を顰めていた。その表情の裏側の感情は読み取れなかった。

「密売で稼いだ金で生活する気はありませんでした。汚れた金はギャンブルで散財しました」

汚れた金を捨てるためだけに興じるギャンブル。

――やってられねえな。

競馬場やボートレース場に通うたび、自暴自棄な気分になった。虚無感を伴った苛立ちがおさまらず、周りに当たることも少なくなかった。

「三年前、自分の密売を麻薬取締部に密告したのは俺です」

速水が目を剝いた。

「捕まって完黙を貫くためです。実刑を受けても情報を売らなかった俺は岩嶋に信用されました」

裏社会は信頼が全てだ。元締めの情報を得られる立場にまで成り上がるため、情報を売らなかった。

「鬼叉組の権堂を調べてください。イラン人の密輸組織と繋がっています。今は南米ルートを開拓中です」大重は拳を握ったまま、頭を下げた。「お願いします。薬物を一掃してください」

顔を上げると、大重は速水の眼差しを真っすぐ受け止めた。

「そこまでして……」

速水がつぶやいた。

大重は血の味が滲むほど強く唇を嚙んだ。

「妻や娘のような不幸な人間を一人でも減らすために――」

速水は真実を嚙み締めるように間を置き、静かに息を吐いた。机の上で再び両手の指を絡める。

「なあ……」

声には慎重な響きがあった。

大重は眉根を寄せた。

「最近、〝パパ活〟ってもんが流行ってるらしいな。若い女が金持ち親父と食事したり、時にはホテルへ行って、その対価で金を貰う」

唐突な話題の転換に理解が追いつかず、大重は首を傾げた。

「パパ活。援助交際や売春をオブラートに包んだ表現だ。女に話を聞くと、買う人間がいるから売っているだけ、なんて言う。買う人間がいなければ売らない、とな」

権堂の台詞が耳に蘇る。

——買う馬鹿がいるから売ってるだけさ。

「逆だよ。何でもそうで、売る人間がいるから買う人間が出てくる——。俺はそう思うよ」

「……何が言いたいんですか」

「刑務所に入ってたから知らないだろうが、お前が三年前にヤクを売った中年男な、〝パパ活〟で会った女子大生にホテルでコカインを強要して、断られて、絞め殺して逮捕られたぞ」

衝撃が胸を叩いた。

速水が険しい顔つきで言った。

「悪を駆逐するためならどんな手段も正当化される——なんて、自分勝手な正義感だ。高校生や女子大生には売らなかった、なんて言って、格好つけてみても、これが現実だ」

大重は渇いた喉に唾を飲み込んだ。

「……俺が売らなくても、誰か代わりの売人が売っていました。何も変わらなかったはずです」

「ああ、そうだろうな。事実がそうだったとして、感情でも割り切れるのか？」

「それは——」

「目を背けても、罪からは逃れられないぞ。だからこそ、囮捜査には制限があるし、手続きもいる」

大重は奥歯を噛み締めた。

「麻薬が悪なのは間違いない。だが、薬物に責任転嫁しても、自身の罪からは逃れられんぞ」

大重は速水の言葉にはっとした。その瞬間、自分が蓋をしてきた気持ちがあふれ出てきたように思えた。

妻と娘を蝕(むしば)んだのは薬物だ。だが、全ての責任を麻薬だけに押しつけることができるのか。

そのとき、気づいた。気づいてしまった。

自分は——仕事にかまけて家庭を顧みなかった。妻と娘が薬物に手を出すまで追い詰めた責任は、果たして一切ないと言えるだろうか。

夫として。父親として。

妻子と向き合っていただろうか。

娘が高校受験で失敗し、希望の私立に落ちたとき、一緒に思い悩む妻に対して放った言葉が脳裏に蘇る。

——お前が家にいて何をしてたんだ。

——こっちは外で働いてるんだから、家のことはちゃんとしてくれないと困るだろ。

落ち込む娘を見かねて、妻を責めた。彼女の失望した眼差しは忘れられない。だが、当時は気づかないふりをした。自分を正当化し、妻に責任転嫁した。

目を背けていただけで、前々から気づいていたのかもしれない。

自分は捨て身の復讐(ふくしゅう)に身を投じることで、妻子と向き合わなかった罪悪感から逃れようとしていたのではないか。

「だが——」速水は重々しい嘆息を漏らした。「結果的に元締めが特定できたことは事実だ。麻薬組織は必ず潰す。あんたは——罪を償ってまっとうな人生を生きろ。事情を話せば、情状酌量もあるだろう」

「俺はもう、自分のことはどうでも——」

「大重」速水がぴしゃりと言った。「実はな、あんたを逮捕する前、奥さんに会っていたんだよ」

「妻に？」

「ああ。こんな真相を聞かされるとは想像もしてなかったから、お前を喋らせる切り札になるかと思ってな」

「妻は何て――」

「お前の支えになりたい、とさ。聞いたときは元夫の罪を直視しない能天気な台詞だし、取り調べの役には立たんと思ったが――真実を知ってからだと意味合いが変わってくるな。元妻は今でもあんたのことを想ってるぞ」

胸が詰まり、悲嘆に似た感情が込み上げてきた。

自分にはまだ失うものがあった――。

「だから生きろ。罪を償って、奥さんに会え」

大重は言葉を失い、涙した。速水も同情交じりの眼差しでそんな姿を眺めている。

しかし――。

大重は今この瞬間、決意を固めていた。

法廷で今回の真実を明かせば、権堂にも裏切りが知られる。罪を償ったとしても、長生きはできないだろう。ただでは済まされない――。

生きるために、そして、家族のためにも今度こそ法廷と鬼叉組に対して完黙を貫かなければいけない。絶対に――。

ストーカー
人を殺めたトイレに
男を入れてはいけない！
血みどろの手を洗っているときに、
彼が部屋にやって来た。
殺したことがバレる前に、
追い返さなければならない。

1

血みどろの手を洗っているとき、チャイムが鳴った。

花村美里は全身を硬直させたまま息を殺し、外の気配を窺った。出しっ放しの水道水が洗面台を打つ音がやけに大きく聞こえる。次第に早鐘を打つ心臓の鼓動音がそれを上回りはじめた。

「美里、いるんだろ」

彼だった。事前に連絡もなく、やって来た。

トイレと浴槽が隣り合う洗面所の床は血だらけだ。錆だらけの鉄板が敷いてあるような悪臭が立ち込めていた。両手にも血の臭いがこびりついている。

「ちょっと待って！」

彼に聞こえるように大きな声を出すと、頭痛と眩暈がした。洗面台の縁にしがみついた。意識が遠のき、今にも卒倒しそうだった。胃の中に汚物を押し込まれた気がした。先ほどから嘔吐感が渦巻いている。

洋式便器の水を流すと、喉が詰まったような音を立てた。二度、三度とレバーを下ろした。祐介の肉片が流れ切らず、真っ赤な水があふれ出た。床が水浸しになる。

ああ――。

雑巾を引っ摑み、床に叩きつけた。瞬く間にびしょ濡れになる。拭き取るのは無理だ。

美里は諦め、ハンドソープのポンプをプッシュした。五回、六回、七回――。大量の液体を受け止め、手のひらの皮膚が破れそうなほど両手をこすり合わせた。ライムの香りが血の悪臭を上塗りしてくれた。

水道水で洗い流し、蛇口を締める。締まりが悪く、ぴちゃ、ぴちゃ、と水滴が落ち続けている。流血を連想してしまい、背筋がおぞけ立った。

深呼吸すると、祐介を殺した凶器をジーンズの尻ポケットに隠し、洗面所を出た。ドアをしっかり閉める。

玄関に向かう途中、何度もよろめいた。突如視界が一回転しそうになり、頭を振って意識を保った。ドアの覗き穴に顔を寄せる。

なぜか花束を持った彼が廊下に立っていた。頬(ほお)の横まで流れ落ちる茶髪、太めの眉の下の細目、鋭角的に切れ込む顎(あご)――。

「ＬＩＮＥ(ライン)も無視だし、心配したよ」

美里は覚悟を決めると、ノブを握り、ドアを押し開けた。蝶番(ちょうつがい)が幽霊の金切り声を思わせる音を上げた。鼓膜を引っ掻(か)く音だ。両耳を塞ぎたい衝動に駆られる。

「電話にも出ないし、ＬＩＮＥも既読にならないだろ。何かあったかと思ってさ。たまには美味しい物でも食べようと思って迎えに行ったら、バイトも休みだし、びっくりしたよ。大丈夫？」

「……ごめんなさい」

「謝らなくていいよ。顔色良くないけど、調子悪い？」

彼は心底心配そうな表情を浮かべていた。間を置いてから花束を掲げ、ほほ笑みかける。

「はい、これ、お見舞いの花」

彼が足を踏み出した。美里はドアの縁をしっかり握り締めたまま、壁となった。腕には力が入らず、押されたら倒れそうだ。それでも気力を振り絞って睨み返す。

「どうしたの？」

「……今日は帰って」

「え？」彼は冗談めかして言った。「男がいるとか？」

美里は何とか笑顔を取り繕った。

「そんなことしてないの、知ってるくせに」

「まあな。お前のことは何でもお見通しさ。とにかく体調悪そうだし、心配だからとりあえず入れてよ」

後始末も何もかも放り出して倒れ込みたい。洗面所があの惨状なのに彼の相手をしていたくない。部屋に上げたら隠し通す自信がない。しかし、あまり強く断ると不審を招く。

「どうしたの？　心配してるの分かるよね？」

声に少し苛立ちが忍び込んでいる。

口論になって大声を出されたら困る。

美里はしばらく下唇を嚙み締めた後、入り口の前からよけた。

「じゃ、上がって。でも、今日は私、疲れてるし、早く寝たいから……」

声が若干上ずってしまった。緊張を聞き取られていなければいいのだが……。とにかく彼を安心させて早く追い払いたい。

美里は洗面所のドアを一睨みし、ソファに尻を落とした。彼は室内を見回し、窓際の花瓶に目を留めた。枯れたガーベラを抜き取ってゴミ箱に捨てると、水を入れ替えて花束を活けた。

「なあ」彼はガラステーブルを挟んで向かいのソファに座った。「バイト、大変なら無理しなくていいんだぞ」

「そんなわけにいかないよ」

「いいんだよ、俺が家賃払うって言ってるんだから」

「今日はちょっと外に出たくなかっただけ」

「例のストーカー、まだ何かしてくるのか？」

「……今は何も」

「本当か？　正直に言ってくれよ。俺が守るから」

「最近、疲れてるの。だから今日は帰ってほしい」

話しているだけで動悸が強まり、冷や汗が噴き出してきた。このまま心臓が破れれば楽になるのに――とさえ思う。

「何だかすごく不機嫌だね」

美里は視線を逸らした。

「……倦怠期の夫婦になったらこんな感じなのかな。なんてな」

「冗談やめてよ」

「あんまカリカリすんなよ」

彼は笑みを浮かべると、ローテーブルを回ってきた。上半身をすり寄せ、胸に手を伸ばしてくる。

「やめて……」

吐き気がする。

「こんなことしてたら――」彼が乳房を揉みしだきながら言った。「祐介が嫉妬するかな」

不意打ちで祐介の名前を出され、心臓が跳びはねた。速くなる鼓動が彼の手のひらに伝わっているかもしれない。

血まみれの洗面所の映像が脳裏に蘇ってくる。祐介を殺したことを知ったら、彼はどんな反応をするだろう。人殺しと罵倒するだろうか。

気づいたら彼を突き飛ばしていた。

彼は仰天したように目を剝いている。

「何だよ。どうしたんだよ」

「そんな気になれるわけない」

「ごめんごめん、そうだよね」

彼は疑った様子もなく再び室内を見回し――一点で目を留めた。ティッシュ箱の横の名刺だ。あっと声を上げる間もなく、彼が手に取った。

それを見た彼の笑顔がすっと消えた。

「何だよ、これ」

隠すのを忘れていて見つかってしまった。ピンク色が生々しい風俗店の名刺――。

祐介を殺してもらうためのお金を稼ごうと思った。年齢を偽って面接に行ったものの、未成年だと見抜かれ、採用されなかった。

『君くらい可愛けりゃ人気の嬢になれるだろうけど……。未成年はさすがにヤバいから。大人になったらもう一度来てよ』

最近は警察の取り締まりが厳しく、雇う側は慎重になっているのだという。

結局、自分の手で祐介を殺さなくてはならなかった。その結果が洗面所のありさまだ。床一面が血まみれになり、ドアを閉めていても臭いが漂ってきそうに思える。

「ええと……」美里は言った。「この前、駅前でキャッチに捕まって、無理やり名刺渡されたの、忘れてた」

「……勧誘されるような格好で出歩いてたんじゃないのか」

「そんなことないよ」

「肌を見せてたんじゃないの？　ミニスカとか、男の目を引くため以外に穿く理由ある？」

「……肌なんか見せてない」

「そんなんだからストーカーに遭うんだよ」

責めるような言い草に苛立ちが募る。

怒りの籠った目で睨み返すと、彼は我に返ったように笑顔を取り戻した。

「美里が心配で、つい」

美里は嘲笑的な気持ちで自分の両手のひらを眺めた。ハンドソープで念入りに洗ったから鮮血は付着していない。それでも気になる。こびりついているのは命の重さだろうか。

視線はいやでも洗面所のドアに吸い寄せられた。

2

美里は重い体で立ち上がると、彼の横を抜け、冷蔵庫を開けた。紙パック入りのオレンジジュースを取り出し、コップに注いだ。緊張を呑み下すため、一気飲みする。

何が間違ってこうなったのだろう。

高校は女子高で出会いがなく、大学に入学してから初めて付き合ったのは、一年先輩だった。サッカー部のエースストライカー。背番号は10。ボールとスパイクがゴムバンドで繋がっているかのように柔らかいタッチでドリブルする。Jリーグチームの育成組織であるジュニアユースからユースに昇格できず、今では大学サッカーで活躍している。そのせいか、部活レベルでは才能が飛び抜けていた。試合中は陽光を浴び、輝く汗の玉が飛び散った。ゴールを決めるたび、両手の指でハートマークを作るパフォーマンスで愛を表現してくれた。

嬉しかった。自分の人生が輝きはじめた気がした。試合のたび、応援に行った。しかし、三ヵ月も付き合うと、次第に夢が現実に変わった。恋は盲目――。そんな言葉を実感した。自信満々な性格は傲慢に見え、情熱的な台詞は暑苦しく感じた。自己肯定感の塊で、決して自分が悪いとは思わない。ユースに昇格させなかった当時のコーチの悪口を繰り返し、彼は未来の日本代表を確信していた。

付き合うのに無理している自分に気づいたとき、別れ話を切り出した。すると、怒鳴られた。

「俺をフんのかよ！　笑い者になるだろ！」

別れ話はこじれにこじれた。彼は全ての人間に認められたい欲求に飢えているせいか、捨てられることに怒りと恐怖を感じているようだった。しかし最終的には、彼がフラれたのではなく、フッたことにする、という約束で関係を終えられた。向こうは当てつけのように彼女をとっかえひっかえしたが、別に興味はなかった。元彼が誰と付き合おうと関係ない。

メールが届いたのは、二ヵ月ほど経ったころだった。

『俺が悪かった。よりを戻そう』

無視すると、一日に何度もＬＩＮＥが届くようになった。仲が良かったころに撮ったキスの写真を送ってくることもあった。これを見たら当時を思い出して気持ちも変わるだろう、とでも言いたげに。効果がないと分かるや、マンションの前で待ち伏せされたこともある。

復縁を執拗に迫るのはストーカー行為――。そう聞いたから、警察に相談した。生活安全課に案内され、担当の警察官に事情を訴えた。

「ああー、数通のメールですか……」

「メールじゃなく、ＬＩＮＥです」

「いや、それはどっちでもいいけど」

中年警察官は面倒臭そうに顎先を指で掻いていた。

「しつこいんです。ちょっと怖くて……。これってストーカーですよね」

「学生同士の問題なら、まず大学に相談してみては？」

「でも――」

「何とかしてくれるでしょ」

「……私が殺されるまで警察は動いてくれないんですか」

「殺されるって……大袈裟な。大学生なら、別れた相手にメールを何通か送るくらい、普通でしょ」

その物言いに腹が立ち、思わず怒鳴った。迷惑そうな顔を見るたび、怒りの炎が煽られる。大声でわめき立てていると、若い警察官が割って入ってきた。

「どうしました？」

「いやね、この娘が――」

中年警察官がため息混じりに説明すると、若い警察官が「僕が話を聞きますよ」と交代した。整った顔立ちで笑顔が優しく、ドラマに登場するカウンセラーのような雰囲気だった。改めて事情を話すと、すごく親身になってくれ、中年警察官の非礼を詫びてくれた。そして、「元彼には僕のほうから警告しておきましょう」と言ってくれた。

事実、警察の介入は効果があった。『ごめん』の一言を最後に元彼からのLINEはなくなり、平穏な生活が戻ってきた。しかし数週間が経つと、近所で元彼を見かけるようになった。カーテンの隙間から覗き見たとき、電信柱の陰に立つ人影を発見した。月明かりに浮かび上がる顔は、間違いなく元彼だった。怖くなり、相談に乗ってくれた若い警察官に電話した。『何かあったらすぐ連絡を』と名刺を受け取っていたから、遠慮なく助けを求めた。

警察官が現れると、元彼は逃げようとした。しかしすぐに捕まり、手厳しく説教されたようだった。

『何で警察なんか呼ぶんだよ』

元彼からそんなLINEも届いた。しばらく音沙汰がなくなったかと思えば、今度は謝罪のメッセージが届く。

ストーカーとして嫌悪する一方、反省を示して殊勝な態度で懇願されると、つい気を許してしまう。彼の強い想いを愛だと思ったこともあった。

しかし、今にして思えば、警察に頼ったのが間違いだった。まさに自分が愚かだったのだ。階段を転がり落ちるようなものだった。その後のあれこれを振り返ると、祐介の命を奪う結果になったのは、どこかで選択を誤ったからだと思う。

気がつくと、彼が真横に立っていた。美里は飛び上がるほど驚き、コップを落としそうになった。

「な、何？」

「本当に顔色悪いよ。病院に行ったほうがいいんじゃない？」

「大丈夫。考え事してただけ」

「そっか。ならいいんだ。昼飯、まだだろ。作ってやるよ。カレーでいいだろ」

「……いらない。食欲ないし」

「遠慮すんな。家事は俺の役目だ」

食欲などあるはずがない。貧血気味で吐き気もする。何より、祐介を殺した血まみれの手でスプーンを持つ気にはなれない。

祐介――。

考えはじめると、胸が締めつけられる。

祐介をなぜ殺したのだろう。一時は愛していると思った。最愛の存在だとも思った。

美里は膝の上で拳を握り締めた。

祐介におなかを蹴られたことを思い出した。

感情が揺さぶられる。

そこに愛はなく、他に選択肢はなかった。

祐介はこの先もずっと自分に付き纏う。決して離れない。祐介に自分の人生を支配される。コントロールされる。それならばいっそ——。そう思った。

両膝から関節が抜けたようになり、くずおれた。へたり込んで床を睨みつける。

涙があふれてきた。悲しみの奔流に押し流され、感情をコントロールできなくなった。

祐介……祐介……祐介……。

顔面が引き攣り、嗚咽を漏らすたび、喉も唇も痙攣した。

肩が優しく抱き寄せられた。彼の顔を見据えた。涙の膜が張る視界は薄靄がかかったように滲んでいる。

「どうしたんだよ」心から心配そうな声だった。「悩み事があるなら俺に話せよ。相談に乗るからさ」

美里はしばらく泣き続けた後、顔を上げた。

「今日は——もう本当に帰って」

一刻も早く後始末しなければいけない。洗面所を綺麗にし、罪の証拠を消し去らねばならない。

しかし、いつかはバレるだろう。隠し通すことはできない。

ならば告白してしまおう――。そんな衝動に駆られる。

「遠慮すんなよ」彼は無自覚な笑顔を見せている。「昼飯くらい、一緒に食べよう」冷蔵庫を漁り、ニンジンや玉ねぎを取り出す。「肉はないのか？　栄養は摂ろうぜ」

肉は一生食べられそうにない。洗面所の惨状は記憶に焼きつき、決して忘れられないだろう。

「食欲ないの……。もう帰ってほしい」

「食べなきゃ元気出ないぞ」

「……私の主治医にでもなったつもり？」

「彼氏だよ。愛する彼女の体を心配すんのは当然だろ」

「食べられない」

彼の頬がピクッと痙攣した。親切心を台なしにされた苛立ちが表れている。

祐介を殺したことを知ったら、彼はどんな反応をするだろう。自分の味方になってくれるとは思わない。

彼の態度次第では――。

ジーンズの後ろポケットに隠している金属の感触を意識した。

心臓は妙にバクバクと高鳴っている。下腹部の辺りには断続的な鈍痛がある。脂汗が額に滲み出ていた。

視界が傾き、横ざまに倒れた。意識が闇の底に引きずり込まれ、消えていく。

3

殺さないで。殺さないで。殺さないで――。

祐介の声が聞こえてくる。胸を掻き毟(むし)られる懇願だった。闇の中で見回した。声の方向が分からない。右か左か前か後ろか。はたまた幻聴なのか。

真っ暗な世界を歩いた。濃密な闇が肌から染み込んでくる。心をどす黒く染められていくようだった。

歩き続けていると、暗闇の先に光が浮かんでいた。奈落に存在する希望の灯火に思え、そこを目指して駆けた。闇を蹴立てた。光が大きくなってくる。

光の輪の中に祐介の姿があった。はっと息を呑んだ。目を瞠(みは)り、硬直した。緊張が絡んだ息を吐き、手を伸ばした。触れる直前、祐介の体が溶けるように消えた。虚空を摑んだ。

ああ、祐介――。

突如、足元の闇が裂け、目の前に大渦が発生した。見下ろすと、渦巻く濁流に祐介が翻弄されていた。助けなきゃ、と思った。水の中に腕を突っ込んだ。何も握り締められなかった。手遅れだった。

もう助けられない――。

後悔が胸を押し潰す。愛と憎しみは表裏一体だと思い知った。自分で殺しておきながら、今になって助けたいと願うなんて。

腕が渦に引きずり込まれた。気がつくと、自分自身が溺れていた。肺が圧迫され、空気が漏れる。水が喉に侵入してくる。腕を突き出そうとした。体がどんどん水底に沈んでいく……。

自分の悲鳴で目が覚めた。

眼前に彼の顔があった。

美里は跳ね起き、息を喘がせながら見回した。自分の部屋だ。全身は汗みずくで、シャツは第二の皮膚のように肌に貼りついている。湿った髪を掻き上げる。

「大丈夫か？　一瞬気を失ったみたいだから、救急車呼ぶか迷ったよ」

美里は思わず洗面所のドアに視線を投じた。それから彼を見る。気を失っているあいだに見られた？　いや、たぶん大丈夫だ。血まみれの床を目にしていたら、こんなに平然とはしていないだろう。

「何だよ、どうかしたか」

祐介のことを考えた。

殺すべきではなかった。しかし、他にどんな選択肢があっただろう。愛し続ける自信がなく、そうするしかなかった。血と共に命が流れ出ていくあの感覚を体が覚えている。思い出すだけで身震いする。

ごめんなさい。祐介、あなたに罪はないの。悪いのは——。

「心配事があるの？　話していいんだよ」

「何もない。本当に疲れてるだけ」

「体が資本だろ。無理はすんなよ」

——そう思うなら帰ってよ。

彼はいつも話を聞いてくれない。

唇を嚙み締め、苛立ちを吐き出したい衝動を抑え込む。怒鳴れば彼は不機嫌になり、笑顔の仮面を捨てて家具に当たり散らしかねない。クローゼットの木製扉には拳の痕が残っている。

「ねえ。今日はもう一人で寝たいの」美里は努めて落ち着いた声を作った。「お願い……。分かるでしょ」

「いや、美里を一人にはできないよ。また倒れたら心配だし」

——余計なお世話だから。

「大丈夫」

「嘘つくなよ。顔色悪いし」

——さっさと帰って！

「お願いだから。もう」

「何言ってんだよ」彼が近づいてきた。「今日のお前、変だぞ」

——変？　私が？

「……ただの貧血だから」

「自分で判断するなよ。病院行くか？」

「寝たいの。そんな元気、ない……」

彼はこめかみを搔き、嘆息を漏らした。

「分かったよ。今日は帰るよ」

安堵したのもつかの間、彼が洗面所のドアに近づいた。美里は駆け寄って彼の肩を鷲摑(わしづか)みにした。

「ちょっと、何する気？」

「何って、小便だよ、小便」

「帰るって言ったでしょ」

「帰る前に小便くらいさせろよ」

「道端ですればいいでしょ」

彼は苦笑いした。

「立ちションは軽犯罪法違反だよ」

「コンビニで借りるとか」

「何だよ。トイレに入っちゃまずい理由でもあるのか？」

答えられなかった。構わないと答えても、執拗に阻止しても、洗面所に入られるのは間違いない。そして血まみれの床を見られる。祐介を殺したことを知られればどうなるか。

鍛え上げた肉体を持ち、剣道の有段者でもある彼を細身の女がどうこうできるとは思えない。

「イライラしてるのは分かるけど……ついていけないよ。トイレ、詰まってんのか？」

彼がノブを握り締めた。美里は叫び声を上げながら飛びかかった。背後から胴体にしがみつき、勢いのまま体重を浴びせた。彼は「うおっ」と声を発しながら倒れ込んだ。

「何すんだよ！」

怒声を浴びながらも、美里は背に馬乗りになった。彼の頭髪を力いっぱい引っ張る。全身が持ち上がった。重力に逆らって視界が浮き、背から振り落とされた。彼が立ち上がっていた。

美里は肩で息をしながら見上げた。彼の額から血の筋が垂れ、鼻の横を流れ落ちていた。

「いい加減にしろよ、お前——」

彼はいつもの顔をしていた。怒ったときの、いつもの顔——。

「帰って！」美里は長髪を振り乱しながら怒鳴った。「帰って！　帰って！　帰って！　帰って！　帰って！　帰って！　帰って！」

「黙れ！」

彼が足の裏で冷蔵庫を蹴りつけた。重い音がし、反動で扉が弾かれるように開いた。ヨーグルトや豆腐が崩れ落ち、床に散らばる。彼がそれを踏み潰した。

美里は歯を嚙み締め、負けじと彼を睨みつけた。立ち上がると、両腕で流し台を払い、鍋や皿を叩き落とした。騒音が撒き散り、陶器の破片が飛散する。

「帰ってったら帰って！」

「あのなあ……」彼は眉尻を跳ね上げ、目を剝いていた。「突然、何キレてんだよ。近所迷惑だろうが」

美里はただ彼を睨み返した。

しばらく互いの息遣いだけがしていた。

やがて彼は舌打ちすると、片膝をついて皿の破片を拾いはじめた。ビニール袋に集めていく。

「何――してんの」

「見て分かんだろ。後始末だよ、後始末」

「そんなのいらないから」

「怪我したらどうすんだよ。俺に任せとけって」

「帰ってよ」

「情緒不安定なお前を放っておけるかよ」

優しい恋人気取りの台詞を聞かされるたび、イライラが募る。

頭頂部に皿を叩きつけてやりたい衝動に駆られると同時に、全身から力が抜けていくのを感じる。

もう誤魔化せないかもしれない――。

無力感に苛まれた。

彼は比較的大きな破片を集め終わると、押し入れから掃除機を取り出してきた。

床の隅々まで掃除した後は、細かな破片が落ちていないか、這いつくばって確認しはじめた。

チャイムが鳴った。揃って顔を玄関ドアに向けた。沈黙の後、二度目のチャイムが鳴る。

「――警察の者です」

玄関ドアの向こう側から男の声が聞こえ、美里は息を呑んだ。緊張の弦が張り詰め、心臓が暴れ狂いはじめる。

「近所から通報がありまして……。大丈夫ですか？」

美里は唾を飲み下した。

無視はできない。暴力沙汰を疑われ、部屋を調べられたら——。

祐介を殺した罪の重さはどの程度だろう。

美里は足枷（あしかせ）を引きずるような心地で玄関に向かい、深呼吸してからドアを開けた。制服警察官が立っていた。

「激しい物音が聞こえたと通報がありまして」

制服警察官は柔和そうな顔つきをしていた。しかし、ドアを開けたとたん、室内にさっと視線を走らせたことは見逃さなかった。

「何でもないんです。転んだ拍子にお皿が落ちて……」

「叫び声がしたそうですが……」

「すみません。イライラしているときにお皿が割れたものだから、つい」

「本当に大丈夫ですか」

警察なんて信用できない。こんなことになったのも、ストーカー被害を相談に行ったせいだ。

「何でもないんです」

祐介のことは隠し通さねばならない。

それとも——今ここで全てを話してしまおうか。

制服警察官の顔をしばらく見返した。口は開かなかった。自ら告白することはない。全て運命の流れに任せてしまおう。

背後から足音が聞こえた。振り返ると、彼が立っていた。本当は内心イラついているはずなのに、他人を信用させる笑みを浮かべている。彼はいつもそうだ。

「俺が話すから、お前は向こう行ってろ」

美里は言葉に従った。彼なら制服警察官を追い返せるだろう。その後のことはその後で考えよう。

二人が話している様子を横目で見た後、美里は掃除機を押し入れに片付けた。

ドアが閉まる音が聞こえた。振り返ると、彼が戻ってきた。

「まったく。手を焼かせるなよ」

彼は苦笑いしながら洗面所に向かった。美里は駆け寄り、彼とドアのあいだに立ち塞がった。

「帰って」

「……ここに何があるんだよ。見せろよ」

美里はジーンズの尻に手を回すと、祐介を殺した凶器をポケットから抜き出した。ぐっと握り締め、彼の眼前に突きつける。

「な、何だよ、そんなもん向けて……」

「ドアを開けないで」

「冗談きついな。脅迫にもなってないぞ。洗面所に何隠してるんだよ。浮気相手でも隠れてんのか？」

彼が一歩を踏み出した瞬間、凶器を首目がけて突き出した。喉仏の真下に直撃する。彼は踏み潰されたカエルを思わせる声を発し、目を瞠った。片膝をついて咳き込む。

「帰ってって言ったでしょ」

美里は金属製のスプーンを握り締めたまま、彼を見下ろしていた。

4

彼は喉を押さえたまま立ち上がった。目には涙が滲んでいる。

「な、何すんだよ。そんなもんで」

「……祐介を殺した凶器」

彼は口をあんぐりと開き、瞳を揺らがせた。

「殺したって何だ。何をしたんだよ」

「さっき自分で――」

「じょ、冗談よせよ……」

彼がかぶりを振り、目の前でひざまずいた。美里は身じろぎせず、棒のように立っていた。彼の手のひらが美里の腹部に触れる。高価な陶器を撫(な)でているような手つきだ。

「俺の――俺たちの祐介は――」

「流れた」

彼が洗面所のドアを引き開けた。便器の周辺は血みどろだった。

金属製のスプーンで祐介を掻き出したときの血だ。

生理用ナプキンをあてているのに、あふれ出そうなほど出血が止まらない。頭が重く、眩暈がする。貧血がつらい。

『前置胎盤だから難産になるかもしれません』

産婦人科医にはそんな話をされた。

難産も何も、産みたくないのだ。

望まない妊娠が人生を狂わせていく。

身寄りがなく、奨学金とバイト代に頼る生活で貯金もなく、堕胎費用を出せなかった。いろいろ悩んでいるあいだにおなかが膨れ、胎児を堕ろせない時期になる。覚悟を決めて風俗店で稼ごうとした。投げやりな気持ちだった。しかし、面接で弾かれてしまった。テレビでは、望まない妊娠のすえに公衆トイレで産み落とした女子中学生のニュースが流れていた。

　そんな恐ろしい未来は想像できなかった。

　それならば今のうちに……。いっそ自分の手で祐介を殺すしかないと思った。

　トイレで金属製のスプーンを突っ込み、胎児を掻き出そうとした。うまくいかず、何度も引っ掻いた。血があふれた。膣内を剣山で掻き毟ったような激痛だった。全身が引き裂かれそうだ。喉が破れるほどの悲鳴を上げた。

　床が血まみれになり、眩暈に襲われて気絶しそうだった。胎内で胎児が逃げ惑っているのが感じられた。気のせいか錯覚か、恐怖で高鳴る心音すら伝わってくる。

　やがて手応えがあった。腹の中でプツッと腱が断裂するような音が響き、ぬるっと滑り出た。血の池に浸かった脂身の塊のようだった。写真や画面で見るのと違い、肉片は生々しく、胃の中が暴れ回った。嘔吐感が突き上げてきた。口を手のひらで覆い、洗面所で吐いた。胃液の苦々しさを噛み締めながら、何度も何度も。

幼い命を奪った。奪ってしまった――。

覚悟を決めて実行したのに、罪の意識に搦め捕られた。中絶の残酷さを何も理解していなかった。甘く考えていた。金切り声をほとばしらせ、洗面台を叩いた。髪を振り乱す。

発狂寸前に陥り、時間の感覚も失った。平静を取り戻すと、現実を流し去ってしまいたくてそれを便器に落とし、何度もレバーを下ろした。水があふれ、肉片が戻ってきた。渦に飲まれて消えなかった。

ああ、祐介――。

なんて罪深いことをしたのだろう。取り返しのつかないまねをしてしまった。腹の中で母親に守られると信じていた子を殺してしまった。無力で無垢な胎児に何の罪があるというのか。

発作的にカミソリを取り出し、手首を切ろうとした。しかし、我が子の命を奪っておきながら自分の命は断ち切れなかった。カミソリを床に投げつけ、天井を仰いで泣きわめいた。

涙が涸れると、朦朧とする意識の中、ただ、後始末をしなければ、と思った。血みどろの手を洗っていると、チャイムが鳴った。そして彼が訪ねてきた――。

「何でだよ。何でなんだよ……」今、彼は両膝を落とし、拳を握り締めて号泣していた。「俺らの子じゃないか。産んでくれるんじゃなかったのかよ……」

彼が歯噛みし、立ち上がった。充血した目玉は大きく剝かれ、怒気が宿っている。

「俺の子を……俺の子をよくも……」

「恋人面もいい加減にしてよ！」

彼の顔色が一変した。

「何だと」

「うるさい。このストーカー」

浮気防止のためと言いながら、部屋に監視カメラまで設置した。私生活を覗き見る束縛男。

――お前のことは何でもお見通しさ。

――愛する彼女の体を心配すんのは当然だろ。

――倦怠期の夫婦になったらこんな感じなのかな。

――俺が守るから。

気遣いの台詞の裏にある真意――。それは監視と束縛だ。何でも思いどおりにしようとして、相手が少しでも反発したら不機嫌な顔で黙らせる。

彼の片頬がピクピクと痙攣している。足を踏み出した。美里は危機感に突き動かされ、踵(きびす)を返した。後ろ髪が引っ張られ、首が後方に折れ曲がる。顎が上がり、視界に天井が広がった。

「や、やめて！」

頭髪が毛根から引っこ抜かれそうな激痛だった。うつ伏せに押し倒され、背骨に体重が落ちてきた。肺から空気が漏れた。叫びながらもがいた。両手足をバタつかせた。

「お前をこんなにも愛してるのに……」

殺される。

助けを――助けを呼ばなきゃ――。

後ろ髪を引っ張られている美里は、喉を引き攣らせながらも眼前のベッドに目を留めた。腕を伸ばした。指先がシーツに触れる。鷲掴みにして引っ張る。載っていたスマートフォンが絨毯(じゅうたん)に滑り落ちた。握り締める。直後、髪を摑んだまま引きずり回された。

一番すぐ駆けつけてくれるのは——。

登録された番号を選択した。呼ぶ人間は決まっている。

電話が繫がった。

「助けて！　彼に殺される！　部屋に——」

鍛え上げた男の腕力には敵わず、スマートフォンを奪われた。

彼はスマートフォンを壁に叩きつけた。

「いい加減にしろよ！」

美里は腕を振りほどき、流し台に飛びついた。出刃包丁を抜いて向き直る。殺意を刃に込めた。

「何だよ、それで刺そうってのか」

「今なら殺せる」

堕胎が殺人だと言うなら、彼を殺すのをためらわない。一人殺すも二人殺すも同じなのだから。

美里は出刃包丁を突き出し、突進した。腹に突き刺さる——。そう確信した瞬間、刃が空気を突いた。彼は間一髪で避けていた。あっと思ったときには腕がひねり上げられていた。

「放して！　放してよ！」

美里は半狂乱になって暴れた。彼は出刃包丁を奪い取り、玄関のほうへ投げ捨てた。

「クソ女！」

投げ倒され、馬乗りになられた。涙で歪(ゆが)んだ視界に彼の顔が広がっている。両脚で絨毯を叩き、暴れ狂った。

そのときだった。突如、彼の体重が全身にのしかかってきた。彼の体に力が入っていない。

美里は困惑しながら彼を押しのけた。

「……だ、大丈夫か？」

顔を上げると、元彼が仁王立ちになって肩で息をしていた。

美里は涙で霞む目で元彼を見つめ、うなずいた。元彼は右手に合金製のブックエンドを握り締めていた。日ごろアパート前まで来ていたから、今日もすぐ駆けつけられたのだろう。

元彼は気絶している彼を見下ろした。

「で……何で警官がお前を襲ってたんだよ？」


警察官だから、アパートにやって来た同業者をいとも簡単に追い返せたのだ。彼は道端での小便を軽犯罪法違反だとモラルを語りながら、その一方で平然と暴力を振るう。

すべてはあの日にはじまった。

元彼のストーカーじみた行為を警察に相談し、生活安全課の若い警察官が親身になってくれた。最初の印象は『人を安心させる笑顔が印象的なイケメン』だった。

「何かあったらいつでも電話してください」

名刺をくれた彼に甘え、事あるごとに――元彼の行動がそれほどひどくなくても――電話し、相談した。アパート前に現れた元彼を追い返してくれたときは、ヒーローに思えた。警察官という頼りがいのある職業も格好良かった。鍛えた肉体は服の上からでも分かり、剣道の有段者である事実も心強かった。

好意を抱くまでに時間はかからなかった。新人警察官時代に警察寮暮らしだった経験もあって、手料理がうまく、いつも振る舞ってくれる。彼が部屋に泊まってくれたりすると安心感に包まれた。生まれて初めて〝守られている〟と実感した。

しかし――。

おかしい、と感じはじめたのは、しばらく経ってからだった。

女友達とカラオケに行けば、まだ午後七時ごろなのに「夜遊びするな。補導するぞ」と怒られた。仕事が休みの日はバイト先まで迎えにくる。悪い虫がつかないか心配だという。

相談した女友達――彼女には彼氏がいたことがない――には、「愛されてるんだね」と言われた。以前に彼の写真を見せたときの、外見への好意的なバイアスがあったのかもしれない。

――そうか、私は愛されているんだ。

自分でもそう思い込もうとしていた。

だが、彼の行為は日増しにエスカレートした。ある日、帰宅が遅くなると、部屋に彼が待ち構えていた。大家から鍵を借りたという。警察官という身分で信頼を得たらしい。

ＬＩＮＥは逐一確認された。スマートフォンをパスワードで保護すると取り上げられるので、従うしかなかった。普段は優しいが、気に入らないことがあると、彼は家具を殴り、蹴り飛ばす。

一人でいるときは、通話アプリを繋いでおけと言われる。

四六時中監視していて、浮気などしていないことは知っているくせに、彼は疑り深く、少しでもこちらの態度に引っかかると、笑顔の下に嫉妬深さを隠して『誰かいるとか？』と探りを入れてくる。

そうなって初めて気づいた。

これは愛じゃない。ストーカーだ。唯一親身になってくれた警察官がストーカーになった。

彼に諦めさせる方法が分からなかった。

警察に頼ろうかとも考えた。だが、あのときの中年警察官の顔が浮かんだ。

無理だ——。

きっと相手にされないだろう。何より、同じ警察官の問題は組織ぐるみで庇うのではないか。もう誰も頼りにならない。

テレビでは頻繁にストーカー殺人が報道されている。家族や友人に相談して追い払った結果、怒りを爆発させたストーカーに殺される。実家に引きこもっていても、皆殺しにされる。そんな話を見聞きするたび、なおさら人には頼ることができないと思った。

俺たちの仲を裂くのはあいつだ——。そう思い込んだ彼が暴走するかもしれない。大事な人が殺されるかもしれない。一方的に連絡を断てば、逆ギレを招く。

思い詰める毎日だった——。

そんなある日、生理の遅れに気づき、妊娠検査薬が陽性だったときは動揺した。思い返せば、彼は避妊をしてくれなかった。俺を愛してるだろ、と言われ、避妊を強く頼めなかった。

ゴミ箱の妊娠検査薬が見つかり、彼が妊娠を知った。彼は飛び上がるように喜び、「愛してる」と繰り返した。理想の彼氏として振る舞い、産婦人科にも付き添った。性別が分かると、彼が『祐介』と名付けた。

エコー検査で見た豆粒のような赤ん坊——。自分のおなかの中で生きている子——。

初めて見たとき、黒い影の中に映る真っ白い豆のようだった。それなのに——妊娠三ヵ月目のエコー検査では、小さな手足も顔も胴体も、その輪郭がはっきり分かった。手足を動かしている様子も見られた。医者に心音も聞かせてもらった。

ドッドッドッドッドッ——。

祐介におなかを蹴られたときは、〝命〟を実感した。愛おしさを覚えたのは事実だ。一時も離れることなく、胎内で懸命に生きている。そう、祐介を愛した瞬間は間違いなく存在した。本心から産みたいと思ったこともある。

妊婦になったとたん体を気遣い、思いやりを見せてくれる彼に対し、このごに及んで『これが愛かもしれない』と思い込もうとしている自分がいた。だが、「妊婦は外に出るな」「心配だから電話したら必ず毎回すぐに出ろ」「母親なんだから、体のラインが出るような服を着るな」と彼の束縛はますます強まっていく。

彼との家庭は想像できなかった。

やはり産むわけにはいかない。

堕胎するなら一刻も早くするしかない。祐介への愛が増していく前に——。

だが、近くのクリニックのホームページを見ると、トラブル防止のため、堕胎にはパートナーの同意が必要だと書かれていた。彼が堕胎に同意するはずがない。

費用が捻出できたとしても、彼の存在が立ちはだかった。

彼の子を産むわけにはいかない。

もう選択肢はなかった——。

彼と出会ってからの悪夢に囚われているうち、貧血が強くなり、意識が断ち切られた。

5

美里は消毒液の匂いで目覚めた。純白の天井が広がっており、蛍光灯の光が眩しかった。

「危ないところでしたね」

黒髪を束ねた女性の丸顔が視界に滑り込んできた。横目で見ると、白衣を着ていた。

「……私、生きてるんですか？」

「危ないところでした。出血多量で……。ナプキンに吸収されて、出血の量が分からなかったんですね」

その台詞で記憶が一気に蘇る。

「私は赤ん坊を——」

罪を噛み締めて黙り込むと、女性看護師が穏やかなほほ笑みと共に言った。

「赤ちゃんも無事ですよ」

言葉が耳を素通りしかけた。意味が分からなかった。事実も時間も曖昧な死後の世界を漂っているようだ。

「何言ってるんですか」美里は女性看護師を見返した。「赤ちゃんは堕ろしました……自分で」

「救急隊員の方から伺いました。トイレが血まみれだったとか」

「スプーンで――」

「……無茶をしたんですね」

「赤ちゃんは血まみれの床に――」

「あなたが掻き出したのは胎盤の一部ですよ。赤ちゃんじゃありません」

「まさか、そんな……」

美里は身を起こし、腹部を押さえた。

「診察を受けたとき、前置胎盤だと聞かされませんでした？」

記憶をたどった。産婦人科医からそんな説明をされた。前置胎盤だから難産になるかもしれません、と。正常なら子宮の奥にあるはずの胎盤が入り口付近にあり、出産のリスクが高まるという。妊娠に動揺していたから、あまり覚えていない。

「そもそも普通のスプーンじゃ、胎児までは届きませんよ。子宮口付近の胎盤の一部を掻き出してしまったんです。胎盤は赤ん坊を守るために必要ですから、それは母子双方にとってとても危険なことなんですよ」

信じられない。奪ったはずの命が胎内でまだ息づいている？

「祐介が生きていた……」

頭の中はまだぼーっとしていた。

「二度と馬鹿なまねはしないでください。中絶するにしても、十二週を過ぎていたら中期中絶ですから、子宮頸管を広げて出産と同じように産み落とすんです。器具で掻き出したりはしないんです」

女性看護師の声には怒りが滲んでいた。

「私は――」

何かを言わなければいけないと思うものの、言葉が出てこない。

女性看護師は一呼吸置くと、美里を優しく抱きしめた。

「一人で悩んでいたんですね……」

女性看護師の温かさを実感し、美里は嗚咽を漏らした。感情がとめどもなくあふれてくる。

女性看護師は慰めながら、マタニティ鬱（うつ）というものがあることを説明した。症例や漢方薬などの話をした後、「希望されるならカウンセラーを紹介しますよ」と言った。

美里は涙を拭うと、彼女に目を向けた。

「ありがとうございます……」

ほんの少し、沈黙が降りてきた。

無意識に美里はおなかを撫でていた。いたわるように、詫びるように、守るように……。

「――そうそう」女性医師は思い出したように言った。「赤ちゃんのお父さんも無事ですよ」

お父さん――。

その響きにぞっとした。と同時にある覚悟が生まれた。

「違います」美里はきっぱりと答えた。「彼は恋人なんかじゃありません。ストーカーです」

「え？」

これが神様のくれた二度目の選択のチャンスだとしたら、自分の答えは――。

「祐介は――彼の子供じゃなく、私の子供です」

検査を終えると、刑事から事情聴取を受けた。気絶した後、元彼が通報したのだという。

一人になると、美里は重々しい腹を撫でた。

重く感じていた体が、愛しく思えてきた。

私の赤ちゃん、私の祐介——。本当に本当にごめんなさい。そのとき、おなかの中がぐにゃりと動いた気がした。

改めて胎内の命を実感した。

今まで自分に自信がなかった。母になる自信も、一人で育てる自信も——。

でも、あなたは私の子供。

——一生、何があってもあなたのことは私が守る。

これからはずっと一緒よ。

罪の相続
罪のない俺の息子が殺されたなんて許せない！
子供をなくした父親が何者かに襲われた。
一体、何が起こったというのだ。
手足を縛られ、廃工場で途方に暮れた。

1

意識を取り戻すと、薄暗い場所で椅子に縛りつけられていた。

曽我部邦和は痺れが残った頭を振り、周囲に視線を這わせた。土埃が舞う中、コンクリートの地面が広がり、打ち捨てられた神殿のように柱が並んでいる。Z字の鉄製階段の前には、フォークリフトが影となってうずくまっていた。這い回るパイプ、割れたガラス片、丸まったブルーシート、木箱が載せられた台車、鼻腔をつく鉄錆と雑草の悪臭――。

どうやら廃工場のようだった。

一体何が起こったのか。

曽我部は懸命に記憶を絞り出そうと努めた。

たしか――仏花を買った帰りだった。夜道を歩いていると、弾けるようなショックが全身を駆け抜け、意識が闇に融けた。

スタンガンで襲われたのか？　なぜ？　誰かに恨みを買った覚えなどない。むしろ、誰かに恨みを持っている。

割れた窓ガラスから真冬の夜風が金切り声を上げて吹き込み、肌を切りつけていく。

曽我部は拘束が解けないか、もがいた。両手首は背もたれに回され、そこでがっちり結ばれている。足首はそれぞれ椅子の脚に麻縄で縛られている。

無駄な努力だった。

助けを求めて叫び声を上げてみた。声は廃工場内に木霊(こだま)し、割れ窓の穴に吸い込まれて夜の闇に消えていった。

十分ばかり叫び続けたが、声が嗄(か)れて諦めた。

曽我部はぐったりしたまま目を閉じた。まぶたの裏側に浮かび上がってくるのは、十四歳で時を永遠に止めてしまった高志(たかし)の顔だった。小学生のころは、まん丸い目に好奇心をいっぱい湛(たた)え、小首を傾(かし)げるように両親を質問攻めにする子だった。中学二年になってからは、クラスでうまくいっていないらしく、不機嫌な顔で帰宅する日も多かった。

――死ね！　学校に隕石が落ちろ！

学校生活について訊いたとき、高志が憎悪と共に吐き捨てるように一度だけそう口にしたことがある。最近は誰もが誰かや何かに対して簡単に『死ね』と口走るようになったと思う。ＳＮＳなどで口癖のように発する大人たちの姿から学んで、子供たちが影響を受ける。

父親として見過ごせず、叱った。マザー・テレサの名言とされる言葉――英語が得意な友人によると、原文をたどれば別人に行き当たったという――を用いて諭した。

思考に気をつけなさい。それはいつか言葉になるから。
言葉に気をつけなさい。それはいつか行動になるから。
行動に気をつけなさい。それはいつか習慣になるから。
習慣に気をつけなさい。それはいつか性格になるから。
性格に気をつけなさい。それはいつか運命になるから。

「もし周りに『死ね』なんて呪いの言葉、誰かや何かに対して吐いている人間がいるなら、その顔をよく観察してみればいい。必ず醜悪な顔になっているから」

高志は誰かの顔を思い浮かべたのか、眉を顰(ひそ)めた。

「汚い言葉を吐くと、そのうちそれが平気になっていく。本当に災害が起きて学校が潰れて、大勢が死んだらいやだろ。クラスメートたちが死んでも平気か？」

高志は黙ってかぶりを振った。

「だろ。だから、死ね、なんて言っちゃ駄目だ。そんな言葉を吐いていると、本当に悪いことが起こる。日本は言霊(ことだま)の国だからな。言霊、分かるか？」

高志は再びかぶりを振った。

「結婚式じゃ、『去る』とか『切る』、受験じゃ『落ちる』とか『滑る』が有名だな。使っちゃいけない『忌み言葉』として誰もが注意するだろ。言葉には霊的な力が宿るから——発した言葉が現実の事柄に影響を及ぼすから、注意が必要なんだよ」

「……死ね、とか、言ったら、本当にそんな力、宿るかな？　言葉で何かが起きても、それってただの偶然じゃない？」

「そうでもないさ。日本人は無宗教だって言われているけど、お墓参りをするし、初詣に行くし、おさい銭を投げ入れるし、仏壇に手を合わせるし、心願成就のお守りを買うし、絵馬に願い事を書くし、お盆にはご先祖様を迎える。お墓やお地蔵さんを汚したり壊したりする人間も普通いないよな？　罰当たりだからだ。日本人は多かれ少なかれ誰もが神様仏様を信じている。悪い言葉なんて使わないほうがいいんだよ。人を呪わば穴二つ、って言うだろ。誰かや何かに『死ね』なんて言っていたら、自分に跳ね返ってきて、不幸が起きかねない」

高志は素直にうなずいた。

「……学校で何かあるなら父さんが聞くぞ」

高志は下唇を噛(か)み、苦悩を滲(にじ)ませた顔でうつむいた。何かがあると確信していても、急(せ)かさず待った。やがて、沈黙に耐えかねたように息子が口を開いた。

「クラスの奴、何人かが僕を悪く言うんだ。何もしていないのに、クズ、とか、死ね、とか、色々」

いじめ――か。

曽我部は拳の中に怒りを握り込んだ。難しい問題だった。親として学校に乗り込むことは難しくない。だが、担任教師が対応を誤れば状況は悪化してしまう。

結局、高志から話を聞き出せるだけ聞き出すと、妻と相談し、後日担任教師に話してみる、という結論に落ち着いた。

その矢先だった。

警察から電話があった。

裏山の沼で子供の水死体が発見され、身に着けていたものから息子さんの可能性があるから身元確認をしてほしい、と言われた。高志は中学校から帰った後、出かけたきり戻っていない。

警察署に着くと、妻はどうしても霊安室に踏み込めず、父親として曽我部が一人で進み入った。

簡素な台の上で対面したのは――間違いなく高志だった。顔は真冬の氷のように蒼白で、手足は白くふやけ、体は沼の水をたらふく飲んで膨れ上がっていた。ノルディック柄の衣服は一部が破れている。

室内の白壁が揺れたかと思うと、ぐるぐる回転しはじめ、天井が視界に飛び込んできた。床に叩きつけられる直前、刑事に受け止められていた。

壁に手を付きながら辛うじて自力で立ち、「……高志です」とつぶやくのが精一杯だった。その後のことは記憶が曖昧だ。刑事にいたわりの言葉をかけられ、気がつくと長椅子に座っていた。妻は鎮静剤を与えられて眠っているという。霊安室を出た夫の表情で察し、半狂乱になったのだろう。何と答えたか覚えていない。

警察は明らかに事故死で片付けたがっていた。管轄内では連続女性殺人事件や、大学への爆破予告、芸能人襲撃事件、資産家の不審死などが相次ぎ、手いっぱいなのだろう。しかし、親としては到底納得できるものではなかった。高志が理由もなく裏山に入るはずがない。過去には沼で死者も出ていたから、妻が絶対に近づかないよう散々注意していたのだ。

事故死のはずがない。なぜ息子が——という理不尽への怒りがあふれ返る。

息子が勇気を振り絞って口にしたいじめが関係しているのではないか。

警察が役に立たないまま通夜も終わり、寝込んだ妻の看病をするうち一週間が経った。そんなとき、夜道で襲われた——。

思考を破ったのは、砂利を踏むような靴音だった。顔を向けると、廃工場の出入り口の人影が目に留まった。微動だにしなかったので、彫像かと思った。だが、それは自らの意思で動き、一歩一歩近づいてきた。待ち望んだ人間なのに助けを求める声は喉に絡まり、一言も発せなかった。

人影が目の前で立ち止まると、その姿がようやく視認できた。同年代——三十代後半——だろう。肉付きの薄い相貌だ。目は細く、平べったい鼻の下には口髭を生やしている。傷口が開くように目を見開くと、瞳には一種の狂気が宿っているように見えた。

曽我部は緊張を呑み下し、男を見上げた。心臓の音は耳障りなほど高鳴り、薄闇の中に響き渡っていた。額から流れ落ちた汗が目に入り、まばたきで追い払う。

先に口を開いたのは男のほうだった。

「気分は――どうだ？」

相手の台詞で拉致監禁した人間だと確信した。曽我部は男を睨みつけた。

「誰だ、あんた。なぜこんなことをする？」

息絶えた工場のど真ん中で、男は粘土に切れ込みを入れたように薄く血の気がない唇の右端を吊り上げ、痙攣気味の笑みを作った。背筋が薄ら寒くなる。

「解いてくれ。僕に何の恨みがある！」

不安と恐怖を打ち消すために大声で問うた。

「……罪だ」

男はぽつりと答えた。

「何だって？　罪？」

「お前は罪を贖わねばならない」

「罪って何だ。あんたなんか知らないぞ」

心当たりはなかった。祖父が築いた不動産業を代々受け継いで経営しているから、その方面で逆恨みされているのか？

「無知は罪だ」男は言った。「曽我部邦和、お前には罪がある」

「待ってくれ。僕には何も覚えがない」

男は鼻で笑った。だが、目は笑っておらず、皮膚に埋没したような瞳には酷薄な闇が窺(うかが)えた。

「お前だけじゃない。お前の息子にも罪がある」

心臓が跳ね上がり、言葉を失った。

罪――？　息子にも？

まさか、と思う。

曽我部は後ろ手に縛られながらも拳を握り締めた。噛んだ下唇の皮膚が裂け、鉄錆の味が舌先に染み広がる。

「あ、あんた……あんたが息子を……」

男の顔からわずかな表情も剝がれ落ちた。

「お前たちは罪と一切向かい合わず、のうのうと暮らしてきた。だから俺が――沼に沈めてやった」

全身の血が逆流し、こめかみの血管が切れそうになった。椅子の脚が折れそうなほど身悶(みもだ)えした。

畜生、畜生、畜生――。

目の前に立っているのは息子を殺した犯人なのだ。怒りと憎しみを腕力に転化し、手首を緊縛する麻縄を引き千切ろうと力を込める。骨がぎしぎしと軋(きし)みを上げる。

手首の皮がめくれているのが分かった。焼き鏝(ごて)を当てられたような熱さを伴った激痛が走る。

男はピンで留めた昆虫の最後の足掻きを観察するような眼差しをしていた。

「お前の息子は、助けて、助けて、って悲鳴を上げながら沈んでいったぞ。罪を直視しない天罰だ」

「ふざけるな！」曽我部は血反吐を吐くように怒鳴った。「息子を――息子を返せ！」

縛られていなかったら、殴りかかっていただろう。薙ぎ倒し、蹴り飛ばし、踏みつけ、死ぬまで殴り続けただろう。高志の無残な死に顔が頭から離れない。生前の無邪気な笑顔は脳の片隅へ追いやられ、苦悶の表情だけが頭の中を埋めている。

いまだかつてこれほど他人を憎悪したことはない。

曽我部はひとしきり痛罵すると、肩で息をした。暴れても叫んでも無意味だと気づき、冷静さが戻ってきた。

「……罪って何だ」喘ぎ喘ぎ言葉を押し出した。「僕たちは人に恨みを買うようなまねなんか、したことがない」

男は挑発的に顎を持ち上げると、唇を歪めるようにして嘲笑した。目は相変わらず笑っていない。

「七十年前――終戦の際、お前の祖父さんがひどいことをした。俺の祖母を辱めた。それが罪だ」

理解が遅れた。七十年前？　祖父の罪？　初耳だった。祖父本人からも聞いたことがない。

「あ、あんたはまさか……そんな昔のことで僕の息子を……」

「そうだ。俺は祖父からお前の祖父さんの非道な行いを毎日聞かされ、育った。なんてひどいことを――」男は鼻の付け根に横皺を作り、憎悪に燃える瞳で吐き捨てた。「俺は曽我部一族を憎んだ。それなのにお前たちは罪を認めず、謝罪も賠償もせず、幸せそうに生活している。腐った金で不動産業を営み、何不自由なく生活している。そんなこと赦されるはずがない。全面的に罪を認め、ひざまずき、俺たち被害者が赦すまで謝り続けるべきだった。そうしないから俺は天罰を決意した」

信じられない話だった。高志どころか父親の自分すら生まれる前の事柄を理由に息子の命を奪ったのか。高志を沼に沈めた目の前の男だって生まれていない。それなのに――。

理不尽に十四年の短い人生を断ち切られた息子の無念が胸に押し迫ってくる。さぞ怖かっただろう。さぞ苦しかっただろう。

息子には他人を憎む愚かさを説いてきたにもかかわらず、眼前の殺人者への憎悪が臓腑を焼く。

「なぜ」曽我部は辛うじて言葉を絞り出した。「なぜ息子なんだ。祖父本人でもなく、僕でもなく……」

男は沈黙した。外の黒雲が月を覆い隠したのか、廃工場内の闇が色濃くなり、鉄製階段や重機の影が完全に呑み込まれた。男の表情も暗く塗り込められる。

「罪の相続だ。お前もお前の息子も祖父の罪を受け継いでいる。血が繋がっている以上、一族全員に罪がある。息子の次はお前だ」

狂っている――。

そうとしか思えなかった。たとえ祖父が罪を犯したのだとしても、孫の自分やその息子まで逆恨みし、標的にするとは……。

「一晩、罪を噛み締めることだ」男は踵を返した。「明日、息子のもとに送ってやる」

2

真っ暗な廃工場に取り残されると、椅子に拘束された曽我部は暴れた。麻縄から手首を引っこ抜こうとし、力を込める。

むざむざと殺されるわけにはいかない。息子を殺した犯人が自ら姿を現した以上、正体を突き止め、必ず罪に問う。

生存本能に突き動かされたままもがいた。椅子がガタガタと音を立てる。体が三十度ほど左を向いたとき、数メートル先の闇の底に鋭角的な影が目に入った。

割れたガラス片だ——。

曽我部は上半身を左右に揺さぶり、椅子の脚でコンクリートの地面を擦りながら数センチずつ進んだ。気の遠くなる時間を要した。男が今にも舞い戻ってくるのではないか。

焦燥感が胸を掻き毟る。心臓が早鐘を打ち、汗で濡れたシャツが肌に貼りつく。

距離が縮まってくると、ガラス片が真ん前に視認できた。体を振って体重を一方向に思い切りかける。椅子は横倒しになった。

二十センチほど先にガラス片がある。体全体の反動を利用し、椅子ごとずり上がっていく。ガラス片が背もたれ側に消えた。後ろ手にまさぐると、指先に鋭痛が走った。

頭の中でガラス片を想像し、両手首を縛り上げる麻縄をそこに慎重にこすりつけた。一分、二分、三分――。

髪の生え際から滲み出た汗が額を横切り、右のこめかみ側へ垂れ落ちていく。

手首にも痛みを覚えた。ガラス片が皮膚を裂いたのだろう。生温（なまぬる）い液体の感触が肌を伝う。

――待っていろよ。絶対に脱出してみせる。

曽我部は地道な作業を淡々と繰り返した。やがてプツッと音がして麻縄が切断された。

よし、と内心で快哉（かいさい）を叫ぶ。ガラス片を握り締めると、ナイフ代わりにして足首の拘束の切断に取り掛かった。麻縄はすぐに切れた。立ち上がると、一瞬、眩暈（めまい）がした。かぶりを振って意識をはっきりさせ、廃工場内を進む。

万が一のため、放置された重機の陰から鉄製階段の陰、巨大パイプの陰へと移動し、開けっ放しにされた鉄扉の裏側から外を覗き見た。生い茂る雑草が夜風にそよいでいる。

男の姿は見当たらなかった。

曽我部は深呼吸して夜気を吸い込み、廃工場を駆け出した。住宅地の街明かりを目指して歩き、大通りでタクシーを拾った。車内で懐をまさぐり、携帯電話を取り出した。登録してある立石（たていし）刑事の名前を選択する。

数度のコールの後、立石刑事が電話に出た。深夜十二時前だからだろう、相手の声には若干の面倒臭さと不快さが表れていた。

「曽我部さん。お気持ちは分かりますが、事件である証拠は何も――」

「証拠を得ました！」曽我部は大声で遮った。視界の片隅で初老の運転手がビクッと反応したのが見て取れた。「犯人です。高志を殺した犯人が僕に接触してきたんです」

「何ですって！」

先ほどまでと違い、緊張が忍び込んだ声だった。さすがに無視するわけにはいかなかったのだろう。

「夜道で襲われて、廃工場に監禁されたんです」

「ま、待ってください。監禁？　曽我部さんは無事なんですか」

「はい。椅子に縛られていたんですけど、犯人が出て行った隙にガラスの破片で縄を切って逃げ出しました」曽我部は、耳を澄ませているだろう運転手をちらっと見やり、続けた。「今、タクシーの中です」

「無事で何よりです。なぜ高志君を殺した犯人だと分かったんですか」

「……男がそう告白しました。僕の祖父のしたことが原因で、僕ら一族には罪があるから息子を沼に沈めた、と。男は次に僕を殺そうとしたんです」

「祖父の罪と言うのは？」

「分かりません。僕も初耳でした。終戦当時、男の祖母を辱めたとか。立石さん、お願いします。廃工場に向かってください。犯人は明日僕を殺すと宣言して、出て行きました。また戻ってくるはずです。逮捕してください！」

「……分かりました。至急捜査します。後で詳しい話を聞きに伺うかと思いますが」

曽我部は廃工場の場所を伝え、電話を切った。自宅に着くと、タクシー代を支払って下車した。

庭先の監視カメラを確認しながら犬小屋の前を通り、邸宅に入る。

「恵美、恵美――」

妻の名を呼びながら寝室のドアを開けた。恵美はベッドに横たわったまま寝息を立てていた。無事を確認し、胸を撫(な)で下ろす。妻は息子の死後、葬式で最後の別れを告げるのが精一杯で、その後ずっと寝込んでいる。

曽我部は布団の中に腕を差し入れ、恵美の手を握った。

「……高志を殺した犯人には必ず罪を償わせるからな」

決意を口にすると、寝室を出た。リビングの中陰壇の前で正座し、息子の遺骨と遺影を見つめる。二度と変わらない表情が写真の中に閉じ込められていた。

――苦しかったろうな。

何も悪いことなどしていないのに、理不尽に逆恨みされ、十四歳で命を奪われてしまった。

廃工場の男は何者だったのか。警察が逮捕してくれたら全ては明らかになるだろう。

曽我部はまんじりともせず立石刑事からの連絡を待った。薄手のカーテンの隙間から朝日が射し込み、中陰壇の手前まで光条が伸びる。掛け時計を見上げると、午前七時半だった。

神経はすり減り、目が痛く、頭痛もした。ちくちくする胃は針を何本も飲み込んだようだった。

我慢できず、自ら電話した。立石刑事が応対するなり、曽我部は声を荒らげた。

「犯人は来ましたか。逮捕は？」

「……捜査官が張っていますが、まだ現れません」

「僕が逃げたことがバレたんでしょうか？」

「それは分かりません。とりあえず事情を伺いたいので、一度署でお話しできますか」

「何でも話します。だから絶対に逮捕してください」

3

曽我部が足を運んだのは老人ホームだった。午後の陽光がガラス窓を透過し、花柄の白壁と花瓶の造花を明るく染め上げている。

スタッフに声をかけ、祖父——曽我部孝臣（たかおみ）——を車椅子で連れ出す許可を取った。腕っぷしが自慢だった祖父も今年で九十五歳になる。白黒写真で見た炭鉱労働者顔負けの肉体は今や朽ち、筋肉も削（そ）げ落ちていた。老人斑だらけの薄皮を骨に貼りつけたようだ。

車椅子を引き取り、中庭に出た。数本の裸木が片隅に立ち並び、真冬の寒風に枝を震わせている。

終戦当時の罪——か。

曽我部は、白髪がまばらに残る祖父の頭頂部を見つめながら、廃工場の男の言葉を内心で反芻（はんすう）した。

祖父は何をしたのか。

男は、祖母を辱めたと言っていた。おおよそ想像はつく。

「じいちゃん」曽我部は覚悟を決め、言葉を発した。「話があるんだ」

祖父は前方の枯れ木を見据えたまま「何だ？」と答えた。しわがれてはいるものの、声は肉体に反して力強く、明瞭だ。

散歩しながらの会話を選択したのは、祖父の眼差しと向き合う勇気がなかったからかもしれない。七十年前の罪を追及するとき、目を背けてしまいそうだ。
自分は何を言うつもりなのだろう。祖父の罪が巡り巡って高志の死に繫がった。祖父を責めるべきなのか。しかし、息子が殺されたのは男の逆恨みが原因だ。当の男もまだ生まれていない時代の罪を理由に高志の命を奪った。そんなことが赦されるはずがない。

中学二年生の息子に一体何の罪があるというのか。

「戦争のこと、覚えてる？」

祖父は黙り込んだ。補聴器を入れていてもすっかり遠くなった耳が聞き損なったのだと思い、質問を繰り返そうとした。だが、先に祖父が答えた。

「忘れるはずがない。空襲、原爆、玉音放送、占領軍――あっという間の出来事だった」

祖父はしばらく戦中の艱難(かんなん)辛苦を語った。面会の時間がなくなりそうだったから、適当なところで遮り、本題に入ることにした。

「……今日来たのは聞きたいことがあったからなんだ」曽我部は唾を飲み込み、緊張で渇いた喉を湿らせた。「じいちゃんは終戦当時、誰か女性を傷つけたの？」

核心に触れたとたん、祖父の体が強張(こわば)った。肉体が枯れ木に置き換わったように硬直している。

「お、お前は――」祖父は首を軋らせるように回し、後ろを見た。怯(おび)えを孕(はら)んだ目と対面した。

「何を知っている？」

「じいちゃんが女性を辱めた、って聞いた。女性の孫に会った」

高志の死はまだ話していないから、男に殺されたことは黙っておいた。

「……太田川房江(おおたがわふさえ)さんの孫、か」

名前まで記憶に残っているのか。祖父にとっても忘れ難い過去の大罪だったのだろう。

「孫に言われたんだよ、じいちゃんがひどいことをした、って。太田川房江って誰？」

婿に入っていなければ太田川という男が高志を殺したのだ。思いのほか早く犯人の姓が判明した。

曽我部は車椅子の持ち手を摑む拳に怒りを込めた。

祖父は前方に視線を投じると、ぽつりとつぶやいた。寒風に吹き消されそうな声だった。

「誤解だ……」

「え？　誤解って何が？」

「わしは房江さんを傷つけてはいない」

「でも、孫の男が言うには――」

「誰が何を言ったか知らんが、事実ではない」

「じゃあ、何で隠していたの？」

「隠していたわけではない。わしの個人的な話だ」

男が息子の命を奪った動機は何なのか。知らずにはいられない。問い詰めると、祖父は静かに語りはじめた。

「終戦後はみなが貧しく、配給が何週間も遅配しとったから大勢が飢えていた。ヤミ市では〝残飯シチュー〟が流行っていてな。進駐軍の残飯を大鍋で煮込む食いもんで、油っ気が強く、鼻がひん曲がる臭いがしたもんだ」

ヤミ市に向かう買い出し列車は乗客であふれており、誰もが窓から身を乗り入れていた。窓の下の者がリュックサックを持ち上げ、車内の者が窓から受け取る。そして窓枠に摑まり、乗り込む。当時二十五歳だった孝臣は、いち早くヤミ市に目をつけ、ヤクザ者の友人と手を組んで売る側に回った。食料、衣類、煙草——何でも揃っていたが、米や砂糖は警察の目が怖いからあまり売らない。闇での売買は犯罪だ。

市場は何千人もの人々が押し合いへし合いしていた。

昭和二十一年五月三十日——。

赤ん坊を背負った女性が「それ、ください」と金を差し出した。金は足りなかった。

「すまんな。それじゃ売れん」

「どうかお願いします。もう何日も食べていないんです」

女性は切実な表情をしていた。頰の肉付きが薄く、頭蓋骨の形が見て取れるほどだが、まともな食事を摂ればさぞ美人になるだろう。同情心がわき起こったものの、贔屓はできない。

「残念だが——」

改めて断ろうとしたときだった。突如、数百人の警官隊がヤミ市を急襲した。露天商ががなり立てて抵抗し、銃の発砲音が響き渡る。怒鳴り声、悲鳴、騒音——。

大混乱の最中、先ほどの女性は転がっているジャガイモを掻き集めている。このままでは彼女も捕まってしまう。

孝臣は見捨てられず、彼女の手を取るや、引っ張り起こした。「来い！」と一喝して走り出す。

安全な場所まで逃げ延びると、息も絶え絶えだった——。

祖父が一呼吸つくと、曽我部は「それから？」と訊いた。

「彼女が住むあばら家で話をした。夫が所属する部隊が全滅したとの報を受け、一人で赤ん坊を産んで今に至るという。食料を恵んでほしいと言われたが、わしは断った。ヤクザ者が仕切っとったからな。勝手に持ち出せばわしの命も危ない。そう話すと、彼女は継ぎはぎだらけの着物をはだけ――身を差し出してきた」

祖父は誘惑に耐えきれなかったという。その日から房江と関係を持つたび、ヤクザ者からくすねた食料を手渡した。単なる欲望ではそこまでの危険は冒せなかっただろう。赤ん坊のために献身的で、祖父の分も手料理を作り、母性あふれる笑顔で迎えてくれる彼女にいつしか情が移り、本気で愛するようになったらしい。結婚も真剣に考えはじめた。

「……だが、ある日、戦死したと思われていた彼女の夫が突如帰ってきた。わしは怒鳴り声を浴びながら窓から逃げるしかなかった。彼女との関係はそれで終わった」

「無理やり襲ったんじゃないなら、なぜ彼女の子孫から恨まれているの？」

「……後年、還暦を迎えたわしはふと過去を思い出し、手を尽くして彼女の住居を探し出した。彼女は三十年以上前に亡くなっていたよ。わしは墓参りに行き、男と鉢合わせした。男が彼女の夫――太田川壮一郎だと知ったわしは、思わずあのときのことを謝罪した。結果的に夫の留守中、妻を寝取ったことになるのだからな。太田川はわしを痛罵した。わしは彼女を強姦したことになっていた。わしが逃げ出した夜、夫に問い詰められた彼女はそう説明するしかなかったのだろう」

廃工場の男の言い分とは全く違う真相ではないか。

「それでも、太田川の怒りが分からないわけではない。自分の拭えぬ罪を背負って生きていくしかないと思っていたよ。しかし――。後日、太田川は、息子の浩一を連れてわしの職場に乗り込んできた。弁護士と名乗った浩一はにやにや笑いを浮かべながら、慇懃無礼な態度で謝罪と賠償を要求した。小難しい法律用語を並べ立ててな。わしが突っぱねると、豹変し、『恥知らずめ！』と怒鳴った。それからは奴らのお仲間がビルの前に陣取り、わしや会社を中傷する毎日だ。愚連隊が『なめてんじゃねえぞ、われ、こら！』と叫び立てた。わしの自宅前でも同様の行為が続き、妻は体調を崩してそのまま逝ってしまった」

祖父は今まで祖母の話になると口が重くなった。

「根負けするまで嫌がらせを繰り返すのが奴らのやり方だ。なまじ地位があると、失うものがない集団には弱い。一度、金を渡すとおとなしくなった。だが、しばらくすると、また要求がはじまった。こちらも弁護士を立てて法的論理で黙らせたが……」

そんな恐ろしい夫に詰め寄られたら、太田川房江も強姦されたと嘘をつかざるをえなかっただろう。夫の戦死を信じ込んでいた彼女にとっては、赤ん坊と二人で生きるために差し出せるものを差し出し、ただ必死だっただけだ。祖父は罪があると言うが、そんなことはないと思わずにはいられない。

祖父から金を搾り取れなくなった太田川壮一郎は、憎しみを忘れられず、自分に都合がいい過去を捏造して息子や孫に恨みつらみを植えつけたのか。

「……邦和。何かあったんだろう？」

曽我部は車椅子の持ち手を握ったまま黙り込んだ。

「太田川の奴らが何かしてきたか？　だが、憎しみを返すな。憎悪は未来を生まん」

「だけど――」

反論の言葉と行き場のない怒りを呑み込む。高志を殺されたと知らないから、祖父は綺麗事を吐けるのだ。

「その太田川って人間は、子供にも憎しみを植えつけているんだ。だから僕らも狙われている」

「……そうか。そうだったか」祖父は苦悩の滲んだ息を吐いた。「子供に何を教えるかは重要だ。太田川は間違っている。戦時中は殺し合った米国も今や同盟国だ。教育のあり方は大事だ。もし日本の戦後教育が米国への恨みつらみだったとしたら、良好な関係を築けただろうか。無理だ。戦争を体験していない日本人たちがアメリカ人に敵意を持って事あるごとに過去の罪を責めれば、同じく戦争を体験していない米国人たちがうんざりして反感を抱き、憎み合うようになっていただろう」

「言いたいことは分かる。中高生のころ、被爆者から体験談や想いを聞く『道徳教育』があった。誰一人、原爆を投下した米国への憎悪を口にしなかった。『戦争は大勢の人が苦しみ、悲しむ。だから二度と繰り返してはいけない。憎しみ合うことをやめ、核を捨てて共に平和を築くことが大事だ』そういう内容を語った。

もし被爆者が『日本に非道な大量殺戮兵器を使った米国を赦すな。米国は野蛮で罪深い国だ。原爆を落としながら謝罪も賠償も行っていない。非人道的な米国人たちは被害者の苦しみを思い知るべきだ』と憎しみを教育していたら、どうなっていたか。憎悪を植えつけなかったからこそ、大多数の日本人は過去に囚われず、アメリカの映画や小説や芸能などの文化を楽しんでいるし、アメリカ人という国籍にも偏見を持っていない。

憎しみを教え込んでも益はない。前向きな関係は決して築けない——ということか。しかし、太田川壮一郎は子供に憎悪を教育し、その結果、高志が殺された。

新たに生み出された重罪を赦すわけにはいかない。

必ず罪は償わせる。

曾我部は祖父に別れを告げ、老人ホームを後にした。

4

自宅に帰ると、曾我部はソファに腰を落とした。

太田川——か。

聞き覚えがある姓だった。どこだ？　どこで聞いた？

記憶を探っていると、思い出した。高志の中学校のプリントを引っ張り出し、確認する。

同じ二年二組に太田川純（じゅん）という名前があった。ＰＴＡの役員名簿の中には、父親として太田川孝典（たかのり）という名前がある。太田川壮一郎の孫だろう。こんなに近くにいたのか。

年齢を考えると、太田川孝典が廃工場の男ではないか。彼は自分の祖父や父親から〝曾我部一族の罪〟を教えられて育ってきたのだろう。息子である純の同級生に『曾我部』の姓を発見し、もしやと思って調べたら自分の祖母を辱めた男の曾孫だと分かり、復讐（ふくしゅう）心が燃え盛った。そして高志を沼に沈めた——。想像がどんどん繫がり、真実を導いている感覚になった。

曽我部は携帯電話を取り出し、立石刑事の名前を選択した。しかし、そこで指を止めた。犯人が分かれば報告するつもりだった。だが――いざ突き止めると躊躇(ちゅうちょ)した。自分の目で確認したかった。

曽我部は学校に電話して担任教師から太田川宅の住所を半ば強引に聞き出すと、自宅を駆け出た。タクシーを拾い、目的地へ向かう。

移動中、貧乏揺すりを繰り返した。膝頭を握り締め、それを抑えようと努めた。

十分後、タクシーを降りた。『太田川』の表札は、古アパートの一〇三号室の前に掲げられていた。

曽我部は深呼吸し、木製扉に近づいた。チャイムに指先を伸ばし、下唇を噛む。廃工場の男と対面したらどうするつもりだろう。息子を殺した犯人を叩きのめすだろうか。

四、五分迷ったすえ、チャイムを押し込んだ。拳を握り締め、来るべき時を待ち構えた。

ノブが回転し、ドアが開いた。全身に緊張が走り、こめかみが疼(うず)くほど鼓動が速まる。

顔を出したのは――まだ幼さが残る男の子だった。蹄鉄形の眉や、押し潰されたニンニクを思わせる平たい鼻に廃工場の男の面影がある。高志の同級生の純だろう。少年は不審げに目を細め、訪問者を見上げている。

「おじさん、誰?」

曽我部は純を睨みつけた。

「……お父さんの知り合いだよ。お父さんはいるかな?」

純はぷいっと顔を背けた。

「帰ってないよ、昨日から」

「おじいさんは？」

「奥。歩けないから寝てる」

曽我部は純の頭ごしに畳敷きの部屋を覗き込んだ。盛り上がった布団の一部が確認できた。弁護士だという太田川浩一が横たわっているのか。

「悪いが、上がらせてもらうよ」

曽我部は純の返事を待たずに靴を脱ぎ捨てると、部屋に上がった。「ちょ、ちょっと……」と少年の戸惑う声が追ってくる。

室内では老人が布団に寝ていた。台所では妻らしき老女が包丁を使っていた。侵入者の存在に目を留めると、悲鳴を上げた。

「ど、泥棒！」

曽我部はかぶりを振った。

「私は……お孫さんの同級生の父親――曽我部邦和です」

老女が顔に困惑を浮かべると同時に浩一が布団を撥ね除け、老いさらばえた上半身を跳ね起こした。

「き、貴様！　曽我部――曽我部家の人間か！」

「……そうです」

「ひざまずいて――」浩一は皺深い喉を震わせるように咳き込むと、仏壇を一睨みした。「父に謝罪しろ」

「謝るようなことは何もない」

浩一の剣幕に敬語を保つ冷静さは失せた。

「何だと！　強姦魔の血を引く人間は恥の概念もないらしいな」

「祖父は強姦などしていない。合意の関係だった」

「出鱈目ぬかすな！」浩一は唾を撒き散らした。「罪を認めん気か。犯罪者の血を引く薄汚いクズめ。滅びろ、罪深い一族が」妻と孫を交互にねめつける。「こんな奴、さっさと叩き出せ。塩を撒いてやれ」

戸惑いを見せる老女に対し、純は顔に憎悪を滲ませた。目玉が大きくなり、嚙み締めた歯が剝き出しになる。

「出てけ！　早く出てけ！」

曽我部は少年の怒鳴り声を無視し、浩一を見据えた。

「そうやって憎しみを植えつけるから、あんたの息子、孝典は僕の息子を殺した！」

場が凍りついた。浩一も老女も目を剝いている。純は父親が自分の同級生を殺害したと知って動揺しているのだろう、顔を蒼白にしていた。

「あんたの息子は『罪の相続だ』と言い、僕も殺そうとした。あんたやあんたの父親が憎しみを教え込んだ結果だ」

「何が悪い？　お前の祖父が犯した蛮行を伝えただけだ。受けた被害と屈辱を忘れんよう、孫の孫まで、未来永劫、伝えていく。ヤミ市から財を築いた曽我部家は、その昔、ヤミ市の品物を餌に人妻の体を貪り、傷つけた、と」

「それは事実じゃない。仮に事実だとしても、子孫には何の罪もない」

「一族の人間が罪を犯したら一族全てに罪がある」

太田川孝典と同じ理屈だった。いや、孝典のほうが父親の愚論を真似ているのだ。

「犯罪者の子や孫まで投獄する先進国は存在しない。子孫の罪を問うのはマフィアくらいだ」

「罪を認めて平身低頭、謙虚に質素に生活していればよかった。血まみれの金で成り上がった一族め」

「血まみれとは何だ」

「お前の祖父のせいで、俺の父は、穢れた母を毎日のように責め、その結果、母は首を吊った。祖母を殺されたという過去がある分、お前の子供を殺した孝典のほうが心も痛んだだろう」

「あんたはどうかしている！」

「何だと！」

浩一は座卓の湯飲みを握り締めると、振りかぶった。曽我部は反射的に首をすくめた。風切り音が頭上を通過し、真後ろで陶器が砕け散る音がした。

長居は無用だった。これ以上この場にいたら、今度は自分が新たな罪を生みそうだった。なぜなら警察に伝えず自分でここに確かめに来たのは、どこかに自分で罪をつぐなわせたい、謝らせたいという思いがあったからだ。

踵を返したとき、簞笥の上の写真立てが目に入った。半袖半ズボンの純と一緒に写っている両親——その父親の顔は、間違いなく廃工場の男だった。

訪ねた意味はあった、と思った。

曽我部は古アパートを出ると、天を仰ぎ、一呼吸してから立石刑事に電話した。

「息子を殺して僕も殺そうとした男、誰だか分かりました。息子の同級生の父親、太田川孝典です。写真で顔が一致しました」

5

太田川孝典逮捕の報が入ったのは、三日後だった。インターネットカフェに潜伏していたところを発見されたという。

曽我部は遺影と遺骨に手を合わせた。

――犯人は逮捕されたよ、高志。父さんの手で仇をとってやりたかったが、司法の手に委ねた。赦してくれるよな？

心の闇は――抱えた怒りは拭えない。しかし、自分の選択は決して間違っていないと思いたかった。

報告を済ませると、犬小屋からケンを連れ出した。高志の日課だった飼い犬の散歩も、この一週間で少し慣れた。足は自然と中学校のほうに向いていた。校舎にのしかかるように裏山がある。

曽我部はケンと共に踏み入った。樹林や低木が両側から押し寄せる山道は、深緑の中に呑み込まれるように続いていた。高志の死後、近づきもしなかった犯行現場に向かって足が進んでいく。

十分ほど歩くと、伸び放題の雑草地帯に金網が見えてきた。上部にコイル状の有刺鉄線が張り巡らされている。過去の水難事故以来、子供たちの侵入を防ぐために設置された。

突如ケンが吠え、リードを引き千切らんばかりに駆け出した。

「おっ、おい――」

曽我部は前のめりになりながら何歩か進み、立ち止まった。ケンは雑草を掻き分け、金網の下部に鼻先を突っ込むようにしている。そのまま吠え続ける。

何かを訴えようとしているのだろう。顔を近づけると、金網の下部に犬が通過できそうな裂け目があり、鉄線の先に布切れが引っかかっていた。

見覚えがある。殺された日に高志が着ていた衣服と同じノルディック柄だ。そういえば息子の服の一部が破れていた。息子はこの穴から這い入ったのだろう。

衣服片に目を奪われていて手が緩んだ瞬間、ケンが金網の裂け目をくぐり抜けた。リードが手の中から滑り抜ける。

犬はまったく勝手だな、と思う。だが、元々金網の向こう側に行ってみるつもりだった。

「待っていろよ、ケン」

言い残すと、金網に沿って歩いた。二十メートルほど先に格子扉があった。開閉できないよう結ばれていた針金は切断されている。

曽我部は格子扉を開けると、金網の向こう側に踏み込んだ。雑草が膝まで隠すように繁茂し、頭上で重なり合う枝葉は緑の洞窟を作っている。

金網に沿って戻ると、裂け目の前にケンの姿はなかった。勝手に沼のほうへ駆けていったのだと思った。すると、真後ろから吠え声が聞こえた。振り返ると、金網の反対側でケンが待機していた。

疲労のため息が漏れる。格子扉へ向かっているあいだに再び戻ったのだろう。

「仕方ないな。今度はそこで待っていろよ」

曽我部はケンに命じ、戻ろうとした。木々の隙間から沼が視認でき、小柄な人影が目に入った。

そんなことはありえないにもかかわらず、一瞬息子が立っているように思えた。

かぶりを振り、白昼夢じみた妄想を追い払う。

中の子供に注意しなくてはならない。

曽我部は金網の反対側にケンを放置し、沼のほうへ駆けた。丈の高い雑草を踏み荒らすように突き進むと、音を聞き取ったのか、沼の前で少年が振り返った。

太田川純だった。視線が絡まり合うと、少年ははっと目を瞠（みは）り、動揺と不安が入り混じった表情を浮かべた。

「あ、あの、僕……」

憎き加害者の息子を目の当（ま）たりにすると、理不尽だと承知しながらも体の中でどす黒い感情が蠢（うごめ）いた。そう、目の前に立っているのは、逆恨みで高志を殺した男の息子なのだ。

――罪の相続だ。お前もお前の息子も祖父の罪を受け継いでいる。血が繫がっている以上、一族全員に罪がある。

太田川孝典の言葉が蘇（よみがえ）る。それは脳裏にこびりついて離れない汚泥のような怨嗟だった。

太陽が雲に隠れたらしく、樹冠から射し込む木漏れ日が絶え、森の中が影に塗り潰された。土色だった泥沼もタールのように黒く見える。

息子の命が奪われた薄暗がりの場所に立っていると、自分自身の心も闇に侵食されていくようだった。

曽祖父の罪を贖わされた息子。血が繋がる一族全員に罪があるなら、この少年も父親の罪を贖うべきではないか。純が殺されたらあいつらはどんな反応をするだろう。

一族全てに罪がある、という持論を正義だと主張できるだろうか。それとも、無関係な子孫に罪を問う愚かさを悟るだろうか。

曽我部は一歩距離を詰めた。

気圧(けお)された純が後ずさった。真後ろに迫った泥沼を振り返り、再び向き直る。その瞳には明らかな恐怖が宿っていた。

理不尽な罪を息子に背負わせた太田川孝典。憎悪を子々孫々教育してきた浩一。

彼らこそ自分たちの罪を思い知るべきではないか。

さらに一歩、歩を進める。心臓は破(わ)れ鐘同様、濁った鼓動を打ち続けていた。視野が狭くなり、純と背後の泥沼しか見えなくなる。

純が殺されてなお、無関係の子孫にも罪がある、という愚論を主張できるのか、確かめてやりたい――。

進退窮まった純は、もう後ずさりはしなかった。踵(かかと)を泥沼の縁(ふち)に添えたまま硬直している。

赦せない。死ね。死ね。死ね――。

曽我部は純の眼前まで突き進むと、睨み下ろした。脇で握り締めていた拳を開き、両腕をゆっくり持ち上げる。十本の指が首の形を作り、少年の喉元へ近づいていく。

犬の吠え声が耳を打った。

曽我部は我に返り、振り向いた。草むらの陰から姿を見せたケンが咎めるように吠えていた。

自分はなんと恐ろしいことを考えていたのだろう。

――思考に気をつけなさい。それはいつか言葉になるから。

――言葉に気をつけなさい。それはいつか行動になるから。

赦せない、死ね、という呪詛の言葉を頭の中で唱えるうち、忌まわしい呪いを実行に移そうとしていた。高志に教え諭した台詞を思い返す。

殺意を胸に秘めた今の自分は、どれほど醜い顔をしていたか。

一呼吸し、ケンに近づいた。

「……また穴から入ってきたんだな」

入れ違いにならないよう、帰るときは格子扉のほうから一緒に出よう――。そう思ったときだった。

ふと違和感を覚えた。

そもそも、太田川孝典は高志をどうやってこちら側に連れ込んだ？

金網の裂け目に衣服が引っかかっていたから、高志がそこを通過して中に入ったことは間違いない。だが、大人は無理だ。体格的に通り抜けることができない。高志に金網をくぐらせておきながら、自分一人、格子扉まで歩いて行ったとは考えにくい。

まさか――。

曽我部は泥沼の前で立ち尽くす純を見つめた。どくん、と心臓が一際大きく脈打つ。額から汗が滲み出る。

同じ中学生なら金網の裂け目を通り抜けられただろう。高志を脅して裏山に連れ込むと、命令して金網をくぐらせ、自分も即座に追う。そして泥沼まで追い立てるように連行し、突き落とす――。

そう考えたら辻褄が合う。合ってしまう。

いじめ――。

高志から聞いていた話が蘇る。

「君が――」曽我部は純に迫った。「高志を殺したのか。ここで」

純は目玉を泳がせた後、視線の交差に耐えかねたように顔を背けた。

それで確信した。

高志を殺したのは純なのだ。

「なぜだ！」曽我部は怒声を発した。「なぜ息子を殺した！」

純は雑草を睨みつけたまま、黙り込んでいる。寒風が森全体を嬲(なぶ)るように吹き渡り、泥沼に黒い波紋が広がった。やがて少年はつぶやくように答えた。

「悪い奴の曽孫だって聞かされてたから……。謝れって言ったけど、謝らないから……。高志は卑怯者の加害者だし、被害者の身内の俺は何をしてもいいと思って……。小突いたり蹴ったり、みんなと一緒に追い詰めたり」

高志がクラスでいじめられていた理由が分かった。純が周囲に高志の悪口を言いふらし、クラスメートを扇動したのだ。

――あいつは悪い奴なんだ。

――犯罪者の血を引いているんだ。

――それなのに反省もせず、罪を否定している。

純の流言を信じたクラスメートたちは、やがて高志を卑劣な人間だと信じ、嫌うようになったのか――。

「死ねとかよくない、って逆に責められて、ムカついて、だから裏山に誘い出して……突き落としたら、溺れて……わざとじゃなかったんだ……」

語る純の言葉は常に震えていた。

曽我部孝臣が自分たちに対してどのような悪行を行ったか、物心つかないうちから植えつけられてきた純。憎しみと怒りを増幅させ、曽我部一族に敵意を抱くようになるまでに時間はかからなかっただろう。だから犯行に及んだ――いや、本人に犯行という意識はなかったはずだ。赦してはならない罪深き一族、と親から教え込まれたゆえ、責め立てるのは当然の権利だと思い込んでいたのだ。

「……父さんは君のしたことを知っているのか?」

純は躊躇を見せた後、うなずいた。

「沼に浮かんだ高志を見て、怖くなって、お父さんに話したから。お父さんは一人で沼まで行って、帰ってきたら、このことは誰にも話すな、って。でも、ニュースになって、学校にも警察が来て、捕まるって思って、どうしよう、って言ったら、お父さん、俺が何とかする、全部俺の――俺たち大人の責任だ、って」

太田川一族は『罪の相続』という論理を掲げ、子々孫々、祖父・曽我部孝臣の終戦当時の罪を憎悪と共に教え込んできた。その結果、純は高志のことを悪い奴だと――何をしても構わない奴だ、と思い込むようになった。そんな息子の殺人を知った太田川孝典は、裏山へ確認に行き、格子扉の針金を切断して沼へ向かった。高志の水死体を発見し、動揺しただろう。

後日、事件が発覚すると、警察が事故死扱いしているとは想像もせず、捜査の手が息子に伸びるのは時間の問題だと恐れた。だから、憎悪を相続させた責任をとるために息子を庇（かば）おうと決意した。

思えば、廃工場への拉致監禁も妙だった。顔を晒（さら）して犯行を〝自白〟し、動機まで仄（ほの）めかしておきながら、携帯電話も財布も奪わず、椅子に縛りつけただけで立ち去った。翌日の死刑執行を宣告して。

まるで脱出の機会を与えるかのように。

最初から殺す気はなかったのだ。自分の正体を突き止めさせ、逮捕させることが真の目的だった。

太田川孝典は息子の罪を相続したのだ。

曽我部は純を睨み据えた。

同じように泥沼に沈めてやりたいという殺意が再燃すると思った。だが、真相を知る前のような激情は不思議と蘇らなかった。

憎むべきは誰なのか。

「君は――」

曽我部が言葉を押し出すと、純は身を強張らせた。死刑宣告を待ち構えるように喉仏が上下する。

曽我部は歯を食いしばり、息と共に憎しみを吐き出した。握り固めた拳から力を抜くには、相当な意志の力を要した。

「警察に全てを話すべきだ。犯した罪を償うしかない」

純の瞳に絶望が渦巻いた。

息子がしでかしたことを知り、太田川孝典はそこで初めて自分たちの愚に気づいたのだ。子供に憎悪を教育してきたのは間違いだった、と。

太田川孝典は息子の罪を引き継いで責任をとったつもりなのだろうか。だが、それは違う。身代わりに逮捕されて終わる話ではない。

「いいな」曽我部は純に言った。「罪を償うんだ」

――憎しみを返すな。憎悪は未来を生まん。

しかし、〝知らない〟ことで〝何も相続しなかった〟自分たちに果たして罪はないのだろうか。

曽我部は祖父の言葉を思い返すと、どす黒く淀んだ泥沼に背を向け、ケンのリードを摑んで歩きはじめた。

まだ心の中がざわついている。黒い感情が蠢いている。そのたびに高志に言った言葉を自分に言い聞かせる。

憎悪の相続は自分が終わらせる――。血の滲む覚悟でそう決意した。

死は朝、羽ばたく
刑務所から出たら
普通の生活を送っていいのか！
札幌刑務所から出てきた男が、
建物に向かって一礼した。
人を殺した罪を胸に抱えて――。

I

雪は衰える兆しもなく降りしきっていた。粉雪が逆巻き、寒風に舞い上がる。

奥村健三は札幌刑務所の門を出ると、高さ五メートルの塀に囲まれた建物に向かって一礼した。目を閉じ、数秒間、頭を下げた。四十五歳の体は、今や弱り切っている。

目を開け、天を仰いだ。深呼吸する。塀の外の空気を吸うと、人間に返った気がする。刑務所内には、いつも重苦しい雰囲気がのしかかっていた。だが今日、ついに解放された。

雪風が首筋から忍び込んできた。骨の髄まで寒さが沁みる。魂も凍りつきそうだ。

解放感は長く続かなかった。雪を吐く鉛色の空を見上げながら、命について思いを馳せる。人を殺した罪はどうすれば消えるのだろう。殺人の十字架は一生背負っていかねばなるまい。重責や罪悪感に耐えきれず、妻子は自ら捨てた。捨ててしまった。

奥村は下唇を噛み締め、雪風に打ちのめされながら歩きはじめた。道路の脇には、掻き寄せられた雪が横たわっていた。雪化粧を施された裸木が空に腕を伸ばしている。

遺族に会うべきだろうか。会って筋を通すべきではないか。だが一方で会うべきではないとも思う。一体何を伝えるつもりだ？　謝罪するのか？　発する言葉が思いつかない。何を口にしたとしても、無用に傷つけるだけではないか。

「――おっさん、おっさん」

背後からの声に振り返ると、三人の若者が立っていた。全員がデザインの違うダウンジャケットを着込み、分厚いズボンを穿(は)いていた。世の中を見下すような薄笑いを浮かべている。

一人が奥村の肩に手をかけ、顔を寄せた。

「仮釈放？　財布ある？　ないならＡＴＭ、一緒に行こっか。通帳くらいあんだろ。お金、貸してよ」

「……私は金持ちじゃない」

「ちょっとは蓄えてんだろ」

奥村はかぶりを振ると、踵(きびす)を返して歩きはじめた。骨を削(そ)がんばかりの雪風が吹きつけ、コートの襟を掻き合わせた。靴音が追いかけてきて隣に並んだ。

「逃げることないじゃん」

「もしかしてビビってる？　どうせちんけな前科者っしょ」

「お金貸してよ」

自分たちより長身で顔もいかつい相手に金をせびるとは——。

人数が強気にさせているのか。凶器も所持しているかもしれない。出所したばかりの前科者なら武器は持っていないと判断し、それなら勝てると踏んだのだろう。

奥村は付き纏(まと)う三人組を無視して歩いた。歩調を速め、幅広い三角点通(さんかくてんどお)りを突き進んだ。ときおり、凍結した道路でスリップ音やブレーキ音、クラクションが響き渡る。

途中の喫茶店に目を留めた。ガラス戸にバイト募集の貼り紙があった。『至急』『急募』と赤文字で書かれている。

今後のことを考えると、仕事が必要だった。慰謝料や養育費もかかる。定職より、バイトのほうが気楽だろう。

「おい、おっさん」金髪の少年が舌打ちした。「無視すんなよ。とりあえず十万でいいからさ」

「……金は真っ当に稼げ」

喫茶店のドアを開けると、頭上で鈴が鳴った。コーヒーとパンの香りが漂っていた。上着を脱げるほどの暖気に包まれている。テーブル席の大半は埋まっていた。連中も店までは追ってこないだろう。

「すみません。貼り紙を見たんですけど……」

声をかけると、年配の店長が応じた。

「バイト希望の方ですか」

「はい」

「いやあ、助かります。一人無断で辞めてしまって……若いのは元気だけで駄目ですね。では面接しますんで、奥へ――」

付き従ってカウンターの裏に回ったとき、背後から鈴の音色が聞こえた。吹きつける雪風の音と共に甲高い笑い声が押し入ってくる。先ほどの三人組だった。案内のウエイトレスを無視し、空いているテーブルのメニューを無造作に取り上げる。

「結構高いよな。おっさん、おっさん。バイトすんの？　後で勘定、頼むよ」

奥村は眉間の縦皺(たてじわ)を揉(も)み、少年たちを睨(にら)みつけた。

「馬鹿を言うな。自分で飲み食いする代金は自分で払え」

「……あっそ」

少年たちは表情を消した。

「みなさーん！」金髪の少年が店内を見回し、声を張り上げた。「この人、刑務所帰りの前科者ですよー！」

客たちの視線が一斉に集まった。ひそひそと囁き交わす声が漏れ聞こえてくる。

金髪の少年は叫び続けていた。「この店は前科者を雇うんですかあ！」

「あのう……」店長が困惑顔で近づいてきた。「申しわけないんですけど、面接の話はなかったことに……」

奥村は嘆息し、少年たちを指差した。「先に向こうを注意するのが筋でしょう？」

「あなたが引き連れてきたんでしょ。早く出て行ってください。前科者はお断りです」

「……へえ。ここは前科者だと面接を受けられないんですか？」

「当然でしょ。何されるか分からないのに……」

金髪の少年はニタニタ笑っている。

これ以上、店に迷惑をかけても仕方あるまい。奥村はかぶりを振り、喫茶店を後にした。少年たちはすぐさま追いかけてきた。

「ほらほら。口止め料、必要っしょ」

「払う気はない」

「言い触らして回ろっかなあ。俺ら、ずっと付き纏うよ」

「何のためにそんなまねをする？」

「金だよ、金。遊ぶ金、欲しいじゃん」

「金が欲しけりゃ、汗水垂らして稼げ」

「前科者が偉そうに説教かよ。生意気言ってっと、容赦しねえぞ。他の奴らはそうなる前に金、くれたけどな」

「いつもこんなことをしているのか？」

「前科者はトラブルを嫌ってるからな。諦めて払ってくれるんだよ」

そういえば、再犯で塀の中に戻ってきた受刑者の一人が話していた。仮釈放された前科者を狙って金を巻き上げるガキどもがいる、と——。

「……お前たちの話、聞いたことがあるぞ」

「俺ら有名人？　やべえな」

「いつかひどい目に遭うぞ」

「脅しかよ？　前科者が何だってんだ？」

「ビビると思ってんのかよ」黒い短髪の少年が鼻を鳴らした。「殺人犯なんて滅多に出てこねえしな」

「おっさん、何した奴？　盗み？　痴漢？　——あっ、詐欺か。知能犯って顔、してるもんな」

初めて言われた。自分では威圧的な強面(こわもて)だと思っていたが。

奥村は三人を睨み返した。自分が背負っている罪の重さは彼らに理解できないだろう。

「まあ、いいや」金髪の少年が言った。「ほら、口止め料払えば忘れてやるよ」

「……断る」

奥村は敢然と言い放つと、舞い落ちる雪の下を歩きはじめた。足音は追いかけてこなかった。

2

チャイムの音で目が覚めた。

奥村は布団から身を起こすと、深酒の酔いが残る頭を押さえ、ドアを開けた。昨日の少年たちがニタついていた。金髪、黒い短髪、眼鏡——。

「よう、おっさん」

奥村は顔を顰めた。「なぜここが？」

「尾行したんだよ、尾行。口止め料貰ってねえしな」

玄関に踏み入ろうとした金髪の少年を押し戻し、ドアを叩きつけるように閉めた。鍵をかける。苛立ったようなチャイムが鳴りやまなかった。無視して洗顔し、服を着替えていると、ドアがけたたましく叩かれた。借金の取り立てに遭っている気分になる。

奥村はドアを開けた。

「いい加減にしろ。近所迷惑だ」

「へえ」金髪の少年が顔をドアの隙間から入れ、室内を見回した。「支援者が——何ていうの、斡旋してくれたアパートか？　それとも家族が待ってたのか？　静かな暮らしが欲しかったら口止め料な」

「払う気はない。通報するぞ」

「できるもんならやってみろよ。俺ら、何もしてねえし。誰が前科者の話なんか信じるかっての」

「……前科者たちの弱みにつけ込んで楽しいか？」

「犯罪者は一生、犯罪者だろ。頭、下げ続けて生きていけよ」

「頭を下げる相手は――被害者やその家族だろ。前科者の誰一人、お前たちに頭を下げる必要はない」

「あっそ。別にいいさ。俺らは口止め料が欲しいだけ」

「何度も言わせるな。お前たちに払う金はない」

「へえ……」金髪の少年が数枚の紙を取り出した。「いいのかなあ、そんな態度で。貼っちゃうよ？」

眼前に突き出された紙には――。

『一〇六号室には前科者が住んでいます。要注意！』

血のように毒々しい赤文字が大きく印刷されていた。

「馬鹿なまねはやめろ」奥村は紙を払いのけた。「名誉毀損で逮捕されるのはお前たちだぞ」

「……おっさんさ、強情だよな。子供いんの？」

「関係ないだろう」

「強情貫くならさ、覚悟決めろよ。子供の居場所知ったら、周辺にビラ撒くからよ。進学も就職もおじゃんだ」

金髪と短髪は勝ち誇ったように唇を緩めた。一方、二人の後ろに立っている眼鏡の少年は、唇を噛み締めていた。拳は太ももの横で握り固められている。反発心が強い若者特有の眼差しは――なぜか今は仲間の横顔に突き刺さっていた。

「なあ……」奥村は訊いた。「なぜ前科者を恨む？　犯罪被害に遭ったことがあるのか？」

金髪の少年は愉快そうに大笑いした。

「害虫駆除に理由が必要なのかよ」

「理由もなく前科者を標的にしているのか」

「害虫は邪魔。充分な理由だろ」

「罪を償って更生した前科者もいる。全員、同じ人間だ。苦しめていい理由にはならない」

「綺麗事かよ。なに自分の罪を正当化してんの。犯罪者は一生、犯罪者。償えば罪が消えるとか、勘違いしてんなよ」

「……私の罪も知らず言いたい放題だな」

「出た出た。犯罪自慢。おっさんが詐欺師だろうと強姦魔だろうと、俺ら、ビビらねえよ。手、出されたら警察に泣きつくし」

醜悪な笑顔を目の当たりにし、唾棄したいほどの嫌悪を覚えた。彼らは前科者が全員絶対悪で自分たちが正義だと信じきっている。説教は無意味だ。痛い目に遭うまで自己を省みることはないだろう。

「……さあ、出て行け。私は忙しい」

奥村は彼らの眼前で再びドアを叩き閉めた。

3

「出てけ、人殺し！」

老女の怒声に気圧(けお)され、奥村は後じさった。塩でも撒きそうな剣幕だ。叩き閉められたドアに向かい、頭を下げる。母親としては当然の反応だろう。息子を失えば恨みたくもなる。

果たして自分は顔を合わせて何を言うつもりだったのだろう。遺族の感情を無駄に傷つけただけではないのか。

奥村は顔を上げ、踵を返した。門を抜ける。

思わずため息が漏れた。自分のように遺族を直接訪ねる者は珍しいだろう。覚悟を伝えると、友人たちはやめろと言った。しかし、訪ねてしまった。自身の罪に向き合いたかった。だが、それはエゴだったのかもしれない。楽になりたいだけのエゴ。

「よう、おっさん」

振り返ると、例の三人組が立っていた。

「詐欺じゃなく、殺人だったのかよ」

尾行されていたのか。老女の怒鳴り声を聞いたのだろう。

奥村は自嘲的な気分で言い放った。

「……ビビったか？」

金髪の少年は一瞬、顔を引き攣らせたものの、すぐにいつもの薄ら笑いを取り戻した。

「殺人じゃ、詐欺や強姦より後がねえだろうがよ。仮釈放中にガキに手を上げたらどうなるかな？」

金髪の少年と黒い短髪の少年は、チキンレースでもしているように引いたら負けという覚悟を顔に滲ませていた。眼鏡の少年は、二人の背後で唇を真一文字に引き結んでいる。なぜか瞳は動揺と困惑に揺れているように見えた。

「若いうちに天下取った気でいると、いつかしっぺ返しを食らうぞ。世の中はそんなもんだ」

「ばーか」金髪の少年はゲラゲラと笑った。「しっぺ返し食らったのはおっさんだろ。ムショ入ってさ。で、何で殺したの？　過失致死とかそんなやつ？　あっ、轢き逃げか？」

「真相を知ったら、二度とそんな口が利けなくなるぞ」

「……まさか強殺か？」

金髪の少年の表情が若干、強張った。

奥村は鼻を鳴らすと、歩きはじめた。足音は追いかけてこない。夕焼けで茜色に染まった住宅街を抜け、団地の公園に足を運んだ。雪が積もったブランコや滑り台、シーソーがある。小学生たちが雪遊びしていた。横目で見やりながら木製のベンチの雪を払い落とし、腰を下ろした。尻が濡れたが、気にならなかった。

嘆息すると、白い息は寒風にさらわれ、霧散した。

奥村は鞄からノートを取り出し、広げた。十一年前の新聞記事の切り抜き——図書館で縮刷版をコピーしたもの——が何枚も貼ってある。騒音トラブルの果ての殺人だ。被害者の顔写真を眺める。

命を奪った罪は命でしか償えないのだろうか。塀の中で改心し、出所して真っ当に生きていくことは償いにならないのだろうか。たぶん、本当の意味で遺族が加害者を赦せる日は来ない。恨み続けるのに疲れ、赦したふりをして——自分に無理やり言い聞かせて——前を向くことはあるかもしれないが、それは真の赦しではない。

贖罪、か。

命には命。大勢がそう考えている。他人の人生を全て奪いながら、加害者が自分の人生を生きていたら納得できないだろう。頭では理解している。しかし——。

奥村はノートを閉じた。

——出てけ、人殺し！

老女から浴びせられた言葉が脳裏にこびりついている。つい自己弁護の言葉を口にしてしまった。それが逆鱗に触れた。会うなら言いわけをせず、誠心誠意、想いを伝えねばならない。その覚悟がないなら遺族に会うべきではない。今さらながらに思い知った。友人たちの助言が正しかった。

自分の罪を噛み締めているうち、夕日がビルの陰に沈んでいった。薄闇が辺りを覆いはじめる。子供を迎えにきた母親たちは、宙を睨んでいる奥村を見ると、我が子を庇うように連れ帰っていく。

気がつくと、粉雪がしんしんと降りはじめていた。雪風が吹き渡るたび、裸木の枝が寒々と震えた。公園灯は今にも息絶えそうに明滅している。

奥村は身を震わせ、コートの襟を掻き合わせた。

地面を睨みつけていると、近づいてくる運動靴が視界に入った。顔を上げた。眼鏡の少年だった。

「おじさん……隣、いい？」

瞳には、縋りつくロープを探しているような深刻さが宿っていた。奥村は彼の目を見返した。

「あの二人はどうした」

「ゲーセン、行った」

「……そうか」

眼鏡の少年はしばし立ち尽くしていたが、返事がないと分かるや、黙って奥村の隣に腰を落とした。唇をぎゅっと引き絞っている。両手は膝の上に置かれていた。

奥村は先に口を開いた。

「で、何か用か？」

「……うん」

「口止め料か？　金は払わないぞ」

「違うよ。口止め料の話じゃないよ。どうでもいい」

「君の仲間はそうは思っていないようだが」

「仲間じゃないよ、別に」

「一緒に行動していただろ」

「ネットで知り合った連中だよ。お互いに本名も住所も知らない。携帯で連絡を取り合って待ち合わせて――遊ぶんだ」

「前科者脅しも遊びの一環か？」

　眼鏡の少年は唇を歪（ゆが）めた。

「誰がはじめたんだ」

「……マサだよ。金髪の」

「暇潰しか？」

「僕が札幌刑務所を見たいって言ってさ、マサとタケシと三人で見に行ったんだ。眺めてたら男が出てきた。面白いよね、出所した人って。ほとんど刑務所に頭を下げるの」

「……世話になったわけだからな。自然と頭が下がるんだろう」

「でさ、その男が戸惑った顔で見回してんの。まあ、刑務所にずっといたんだから無理もないと思うけどさ。それがすごく弱そうに見えたんだ。三人で何となく尾（つ）けて――」

「で？」

「大通りに出たら、ますます戸惑った感じでさ。場違いな場所に迷い込んだみたいに。コンビニに入るのも悩んでる感じ。だからさ、マサが獲物にしたんだ。話しかけた後、前科者ですよー、って叫んだら、おろおろして。持ってるお金、全部出して、やめてくれって」

　互いに前方を見つめた。雪の底で明滅する公園灯の周りでは、数匹の蛾が飛び交っている。

「おじさん、子供いる？」

　奥村は息子の顔を思い浮かべた。小学校の授業参観で振り返って両親の姿を目に留め、はにかんだときの幼い微笑が印象的だ。中学生になっても、笑うとそのときの面影があった。今は全寮制の高校に通っている。

大事な息子だ。しかし、自分自身が罪の重さに押し潰され、妻子から身を引いた。正しい選択かどうかは分からない。

「……息子がいる」

「そう」

「それがどうした」

眼鏡の少年は唇を結んだ。間を置いてから口を開くも、言葉は出てこない。薄闇の中、白い吐息だけが顔の前で広がった。

奥村は辛抱強く待った。

「……おじさん。罪って受け継ぐものかな？」

眼鏡の少年が前方を睨んだままつぶやいた。

「受け継ぐ？」

「そう。親から子へ」

「親の罪は子には関係ない」

「現実はそう甘くないさ。親が罪を犯したら、子も終わりだよ。殺人犯の息子——。誰もがそう見る」

「……君自身のことなのか？」

眼鏡の少年は躊躇(ちゅうちょ)を見せた後、うなずいた。視線は前方に注がれたままだ。

「なぜ私にそんな話を？」

「さあ、何でかな。何となく」

「何となくってことはないだろ」

「うーん、そうだね。昼間、おじさんが怒鳴られて追い返されてるのを見てさ、相談しようと思った」

少年の横顔は苦悩に縁取られていた。放ってはおけない。彼の親と同じ殺人罪で服役した者として話を聞いてやろう――そう思った。

「罪を犯したのは父親か？　母親か？」

「お父さんだよ。何をしたかは――まあ、いいけどさ。殺人は重罪だよね。母親の姓を名乗ってもさ、誰か気づくんだ。学校に広まったらもう終わり。誰も近づいてこない。登校したら、机には『殺人犯の息子』なんて落書きされてて。最悪だった」

――子供の居場所知ったら、周辺にビラ撒くからよ。進学も就職もおじゃんだ。

金髪の少年がそう言い放ったとき、眼鏡の少年が彼を睨みつけていた理由が分かった。自分が味わった苦しみだったからか。仲間は彼の境遇を知らないのだろう。

「つらい目に遭ったんだな」

眼鏡の少年は何でもないことのように肩をすくめた。だが、嚙み締められた唇が苦しみを表していた。

「……死刑ってさ、よく反対されるよね。でも、実は僕、賛成派なんだ」

「なぜ？」

眼鏡の少年は膝の上で両拳を握り締め、そこを睨みつけた。沈黙が降りてきた。

「受け継いだ罪を償える気がしてさ。死は最大の償いでしょ。殺人犯が死ねば、その息子も赦される――。そんな気がする」

「父親の死を望むのか？」

眼鏡の少年は、世の中全てをあざ笑うように鼻を鳴らした。

「被害者遺族にとっても、加害者家族にとっても、死刑は区切りなんだよ。僕の苦しみを知ったら、誰だって賛成してくれるさ。まあ、お祖母ちゃんの考え方は違うけどね。大事な一人息子だし」

奥村は再び自分の息子の顔を思い浮かべた。息子は父親をどう思っているのだろう。仕方がなかったとはいえ、殺人は殺人だ。寮生活をしているから、まだその話をしたことがない。もし会えば、化け物を見る目を向けられるかもしれない。なかなか理解はしてくれまい。

「罪を犯した者にとって死刑は恐ろしい。死刑か無期か。私も――判決が言い渡されるときは、腰が砕けそうになったものだ」

眼鏡の少年は一瞬だけ口元に苦笑いを浮かべた。見落としそうなほどの表情の変化の裏には何があったのか。殺人の前科者と隣り合っていることを実感しての恐怖？　それとも他の何か――。

「死刑囚って苦しむものかな？」

「当然だ。私は――房から引きずり出される死刑囚を見た。壁を鷲掴みにしそうなほど死に物狂いで抵抗するんだ。耳を掻き毟るような絶叫が頭にこびりついて離れなくなる」

「最近は札幌刑務所で何年かぶりに死刑が執行されたとか、ニュースで見たよ。知ってる？」

「秋葉――か。房で話したことがある」

「……凶悪犯だったんでしょ。死刑は当然さ」

「確かに凶悪犯だ。だが——房じゃ、いつも後悔の言葉を口にしていた。妻子を苦しめていることや、激情に任せて短絡的な犯行に及んだこと、自分が奪ってしまった命のこと」

「死刑囚でもそんなこと悔やむんだ？」

「人間だからな。死刑囚も感情がある人間だ」

「その秋葉って死刑囚はどうだったの。悔やんでたんでしょ。執行直前は達観してた？」

「……いや。泣きわめいていたよ。妻や子の名を叫んでいた。だが、すぐに覚悟を決めてな、おとなしく連れられて行った」

飛び交う蛾の一匹が公園灯に接触し、ジュッと音を立てた。そして落下すると、しばらく積雪の上で翅(はね)と胴体を蠢(うごめ)かせた後、息絶えた。眼鏡の少年は歯を食いしばり、その死骸をじっと見つめていた。

「おじさんの話を聞いてたら、分かんなくなってきた。死刑が必要なのかどうか」

「難しい問題だな」

「おじさんは死刑に反対？」

「以前は——」奥村は間を置いた。「自分が服役する前はって意味だが——凶悪犯は死刑にされて当然だと思っていた。しかし、刑務所で死刑囚と話をするうち、考えは変わった。本気で罪を悔い、懺悔(ざんげ)しているなら更生の機会を与えてもいいんじゃないかって」

「死刑にされちゃったら終わりだもんね。もう反省もできないし、遺族にも謝れないし、家族にも会えないし……」

「そうだな。死刑を望む遺族もいれば、望まない遺族もいる。安易に結論は出せないが」

「うん。おじさんの話、何となく分かるよ」

沈黙が訪れた。粉雪混じりの風が吹きすさぶ。

「君は――父親への復讐で前科者の脅迫に付き合っているのか？」

眼鏡の少年は唇を引き結び、顎をぐっと盛り上げた。頬が痙攣する。粉雪が夜風に舞い上がっては吹き去っていく。

「そうかもね」投げやりな口調だった。「お父さんが犯罪を犯さなきゃ、僕は苦しまずにすんだ。犯罪者は被害者やその家族だけじゃなく、自分の家族も苦しめる」

「……そうだな」奥村は膝の上で両手の指を絡ませた。「だが、だからといって前科者を無差別に怒りや恨みの対象にする理由にはできない。愚かな連中との付き合いはすぐやめるべきだ。君が逮捕されたら、君をいじめた連中はどう思う？　ほら、殺人犯の息子はやっぱり犯罪者だ――。そう思う。過去のいじめが正当化されてしまう」

眼鏡の少年ははっと目を見開いた。南京錠をかけたような硬い表情に子供らしい素直さが宿った。

「……そうだね、うん、おじさんの言うとおりかも」

奥村は立ち上がると、眼鏡の少年の肩に手を添えた。

「今ならまだ引き返せる」

4

奥村はビルを出た。就職先が決まった。警備会社だ。以前の職を辞めた理由は適当に誤魔化した。深く追及されることなく、採用が決まった。これでしばらく金の心配は不要だろう。

安堵を噛み締め、歩き出そうとした。見計らったように少年三人が現れた。金髪のマサと黒い短髪のタケシ、そして——二人の後ろに眼鏡の少年。

「性懲り(しょうこ)りもなくやって来たのか」

「就職先決まったの？」マサはビルを見上げた。「へえ、警備保障。マジで？」

「だったら何だ」

「おっさんが前科持ちだって知ってんのかなあ？　知らないよな。前科者に警備、させられないもんな。教えちゃおうかな」

「脅迫は立派な犯罪行為だ。警察に突き出すぞ」

「殺人者に説教されるとは思わなかったな。立場をわきまえろよ。殺人に比べたら、俺らのお願い程度、可愛いもんじゃねえか」

「そうそう」タケシがうなずいた。「俺らはさ、前科者が世にはびこらないように正義を執行してるだけさ。ほら、世間の人々は隣人が犯罪者じゃないか、知る権利があるだろ」

「前科者だろうと何だろうと、脅迫して金を奪ったら、今度は君たちが加害者になる」

「……偉そうにすんなよ、おっさん」

マサは余裕の表情を掻き消し、詰め寄ってきた。

「マサ！」眼鏡の少年が声を上げた。「もうやめよう、こんなこと」

「はあ？」

マサは振り返ると、眼鏡の少年を睨み据えた。怒気に満ちた顔は歪んでおり、唇はぶるぶると震えている。

「今さら何言ってんだよ。犯罪者に生きる価値なんかねえだろ」

「僕らのしてることは間違ってる」

「正義だろ」

「……正義なんて考えたこともないくせに」

「何だと？」

「この人はいい人で、それに――」

言いきることはできなかった。眼鏡の少年の腹にマサの拳がめり込んでいた。うめきながら体をくの字に折り曲げる。

「おい」奥村はマサの肩を摑んだ。「よせ！」

「邪魔すんな！」

振り向きざまにぶん回されたマサの腕が頬を一撃した。奥村は鉄錆（てつさび）の味を嚙み締めながら、相手の手首を鷲摑みにした。力一杯握り締める。

「いてて……放せよ、カス！　前科野郎が調子に乗ってんじゃねえよ！」

マサの左腕が振りかぶられた。奥村は反射的に動いていた。右拳を相手の顔面に炸裂させた。鼻血が噴出する。

やってしまった――。

奥村は歯嚙みした。先に手を出したら傷害罪は免れないだろう。面倒な事態になるかもしれない。

「クソッ……」片膝をついたマサは、鼻っ柱を押さえながら睨み上げた。「てめえ、やりやがったな」

「お巡りさーん！」タケシが両手のひらをメガホンにし、大声で叫びはじめた。「暴力ですよー。犯罪者が暴れ回ってますよー！」

数人の通行人が立ち止まり、遠巻きにしはじめた。

「前科持ちが暴れてまーす！」

通行人たちは少年の叫びを聞き、何やら囁き交わしている。携帯電話で撮影している者もいた。

「ざまあ見ろ」マサはニヤッと笑った。「てめえ、刑務所に逆戻りだからな。おとなしく金払ってりゃ、よかったのによ」眼鏡の少年を一睨みする。「お前も警察によけいなこと言うなよ」

奥村は眼鏡の少年を見つめた。返事が気になった。いずれ警察の世話になるだろう二人と手を切るなら、今しかない。殺人犯の息子はやはり犯罪者――。そう中傷されないためにも、馬鹿げた行為は早急にやめねばならない。

眼鏡の少年はまぶたを伏せ、長息を漏らした。

「僕は言わないよ、別に何も」

奥村はかぶりを振った。失望した。少年は不良仲間との決別の機会を自ら捨ててしまった。

「俺はお前を殴ってないからな」マサが言った。「殴ったのはおっさんだ。いいな。アザを見せてそう言えよ」

「……僕は何も喋らない。それは嘘もつかないってこと」

「あ？」

マサが顔を歪め、詰め寄ろうとしたときだった。制服警察官が駆けてきた。二十代だろう。鷲鼻が特徴的な顔立ちだ。表情は猛禽類のように険しい。

「何がありました？」

「このおっさんだよ、このおっさん」マサが指差した。「いきなり顔面殴られたんだよ。危険人物だよ。逮捕してくれよ」

「……事実ですか？」

奥村は嘆息した。「殴ったのは事実です」

「いい歳した大人が子供を殴るなんて……」

「彼が私を殴ろうとしたので、身を守っただけです」

「嘘つくなよ！」タケシが怒鳴った。「俺、見てたぞ。肩を握り締めて引っ張るから、マサがこう――」肘を回す動作をした。「振りほどこうとしたんすよ。そうしたら思いきり殴られて……」

「お巡りさん」マサが泣き顔を作った。「ほら、鼻血、鼻血。マジ、やばいっすよ。このおっさん、人殺しですよ」

「まあまあ、落ち着いて」若い警察官が答えた。「大袈裟な。まあ、殴られたことは事実のようだから――」

「違うんすよ。前科者なんすよ、このおっさん。『俺は人を殺して服役してたんだ。お前らも殺してやろうか？』って脅されました。仮釈放、取り消しっすよね」

若い警察官の顔つきが引き締まった。右の手のひらは腰の警棒に添えられている。抵抗を警戒しているのだろう。

「話を聞きたいから、ちょっと、そこの交番まで来てくれるかな」

5

「刑務所に戻して、刑務所に！」

マサとタケシは交番でも騒ぎ続けていた。

椅子に座っている奥村は、呆れ顔で見守るしかなかった。なかなかの名演だ。泣き顔は少年たちをさらに幼く見せている。はた目にはいかつい顔のヤクザ者が子供を怯(おび)えさせたように見えるだろう。

「で、あなた、住所氏名は？」若い警察官が威圧的な口調で訊いた。

「……言う必要がありますか？」

「当たり前だよ！　傷害だよ、傷害」

奥村はマサとタケシを睨みつけた。「この二人が私からお金を脅し取ろうとしたんです。で

――」眼鏡の少年を見やる。「この少年がそれを制止しようとして、殴られた。私はそれを止めようとしたにすぎません」

「本当なの？」

若い警察官が尋ねると、眼鏡の少年は肩をすくめた。別に肯定も否定もしないという仕草。

「逮捕するなら――」奥村は二人の少年を指差した。「彼らでしょ。彼らは出所した前科者たちを標的にし、脅迫していました。眼鏡の子は従わされていた被害者です」

「証拠、あるの？」

「当人からそう聞かされました」

「それは証拠って言わないの。分かる？」

「信じてもらうしかないですね。札幌刑務所を最近出所した前科者たちに話を聞けば、証明されるでしょう。彼らの中に脅された者が見つかるはずです」

「うーん、それじゃ信憑性がねえ……」

「前科者の言葉は信じるに値しないと？　偏見でしょう、それは。犯罪の被害者に前科者も何もありません。大事なのは真実です」

「偉そうだねえ、あなた。まあ、話は聞いておくから」若い警察官は面倒臭そうに舌打ちすると、立ち上がった。「とりあえず、今日は泊まってもらうから」

マサとタケシの表情が一瞬だけ緩んだのを奥村は見逃さなかった。だが、若い警察官は気づいていない。

奥村が首の裏を掻いたとき、交番に靴音が入ってきた。顔を向けると、見覚えがある壮年の警察官だった。

「何があった？」若い警察官が言った。「殺人のマエがある男が少年を殴りまして……」

「殺人のマエ？　一体誰が？」

「こいつですよ」

指を差された奥村は、壮年の警察官を見上げた。視線が絡む。面倒に巻き込まれてね、という表情で苦笑してみせた。

「奥村さん……何があったんですか」

若い警察官が「え？」と声を漏らした。「知り合いですか。相当な凶悪犯なんですか」

「馬鹿野郎！　何言ってんだ。奥村さんは札幌刑務所の刑務官だ！」


全員の目が一斉に見開かれた。誰もが言葉をなくしている。若い警察官は口をあんぐりと開き、先輩を見つめていた。マサとタケシは目をしばたたかせている。

奥村はため息を漏らした。

「元だよ。先日、辞職した」

「それは存じませんでした」壮年の警察官が訊いた。「長年勤めていらしたのに……一体何があったんですか」

「死刑執行――だよ。ほぼ二年、世話してきた死刑囚がな、この前、ついに執行されたんだ。判決から七年か。私は連行担当だった」

「……重責を務められたんですね。感服いたします」

「そんな立派なもんじゃない。人を殺したんだ。毎日夢に出る」

「死刑囚は——秋葉雄二ですか。新聞で見ました」

「そうだ。秋葉は罪を嚙み締めながら日々を過ごしていてな。全く面倒をかけない模範囚だったよ」

「おとなしい死刑囚で幸いでしたね。務めやすかったでしょう」

奥村は少年たちを一瞥した。一つの罪を見逃せば、大罪に繫がる。悪意を芽のうちに摘むためには、毒花を咲かせた者の末路を知ったほうがいいだろう。

「そうでもない。死刑囚舎房担当は憂鬱だったよ。死刑囚は毎朝、刑務官の足音に耳を澄ませるんだ。剝き出しの神経をワイヤーのように廊下に張っているのではないかと思うほど、五感を研ぎ澄ましている。今日は生き延びられるかどうか。不安で押し潰されそうなんだ。だから私たちも気を遣う。巡回の時間が普段より一分でも遅れると、死刑執行命令が誰かに出たに違いない、と疑心暗鬼になり、発狂したようになる。東京拘置所と違って、死刑囚が三人しか収容されていないこっちじゃ、執行なら自分の番の可能性が高いからな」

「死刑囚舎房を担当して体を壊す刑務官もいらっしゃる、と聞きました」

「ああ。自殺未遂、胃潰瘍、鬱病——。何人も潰れたよ。任期を全うできる者のほうが少ない。私は比較的長く務めたと思う」

「だから秋葉との付き合いも長かったんですね」

ノートに貼ってある新聞の切り抜きには、騒音トラブルの果てに隣家の家族三人を殺した秋葉の記事が載っている。被害者たちの顔写真を見るたび、償いとは何かを考えさせられる。三人も無残に殺したのだから、死で償うしかない。そうしなければ犠牲者は浮かばれない。遺族も納得できないだろう。当然だ。しかし——。

刑務官にとって、毎日接する死刑囚も一人の命ある人間なのだ。記事で見る犠牲者の顔写真より現実感がある、どうしても。模範囚だと情も移る。

「罪状を知らなかったら、普通のサラリーマンと何ら変わらない。月一回の教誨師との面接で、心の平安を取り戻していったのだろう。事あるごとに言っていたよ。罪を償う準備はできています、処刑の日まで自分が犯した罪を嚙み締めながら生きていきます、と。だから——執行の日も、手を煩わせることはないと思っていた。だが甘かった。私たちを見るなり、秋葉は腕を振り回し、壁際へ逃げ、半狂乱となった。それで全員で床に押さえつけてな」

「そう、でしたか」

結局騙し討ちになってしまった。七〇年代半ば以前のような前日言い渡しを所長に提案したものの、許可されなかったのだ。秋葉は普段と同じ一日が訪れると信じていた。居並ぶ刑務官の姿を見て何を思ったか。絶望か。恐怖か。

どうか放してください、もう暴れませんから——。

数人の刑務官に押さえつけられた秋葉は、そう漏らした。用意した捕縄や防声具を使用するかどうか、悩んだ。だが、体から人形同然に力が抜けており、必要はないと判断した。実際、身を起こした彼は、先ほどの狂乱が嘘のようにおとなしくなり、刑務官に頭を下げ、歩きはじめた。

秋葉の足取りは頼りなく、階段を上るときは落ちないように両側から支えてやらねばならなかった。

鉄筋コンクリート造りの刑場は、底冷えがしていた。毎月の掃除の際に見ていても、実際に死刑囚を連れて歩むと、印象が違った。自分の首にロープがかけられている錯覚にとらわれる。鉄枷を足首に嵌められているように一歩一歩が重い。

秋葉はどのような思いを抱き、足を踏み出しているのだろう。

刑場の前室には所長、総務部長、処遇部長、検事、教誨師、医官などが待ち構えていた。壁には祭壇が据えられている。それを見た秋葉が唾を飲み込んだ。筋が浮き出た喉が上下する。

教誨師の読経の後、家族への遺書を書かせた。指が震え、妻子に『すまなかった』と一言書くのが精一杯だった。

目隠しすると、再び秋葉が暴れはじめた。大声で命乞いし、わめきながら逃げ出そうとした。四人で押さえ込み、腕をひねり上げ、後ろ手に金属手錠をかけた。彼は両足をバタつかせた。カーテンを開け、執行室へ引きずっていく。首にロープをかけ、膝を縛る。

そして——執行ボタンが押されると、床が開いた。頸椎が折れる音がした。滑車に全体重がかかり、ロープが軋む。耳を塞ぎたくなる音だった。

痙攣する秋葉の体は人形じみて揺れていた。絶命するまで十五分以上待つと、医官が死を確認した。命が消えたのだ。二年弱、面倒を見てきた死刑囚の命が消えた。罪を心から悔い、執行当日までは一度も刑務官の手を煩わせなかった男である。

語り終えると、重い嘆息を漏らした。

「奥村さんは——大変過酷な経験をされたのですね」

「死刑は正しいことなのか、私には分からなくなった。今でも毎夜、夢を見る。床が開く音。頸椎が折れる音。断末魔の叫び声。全てが生々しく、記憶に焼きついている。私は刑務官の仕事に耐えきれず、辞職した。妻子とも別れた。息子にも合わせる顔がない。その後、秋葉の実家を訪ねたが、遺族には――秋葉の母親には『人殺し』と追い返されたよ」

「そうでしたか。今は何を？」

「警備会社に就職した。知り合いのツテを頼ってな。刑務官を辞めた理由は適当に誤魔化した」

壮年の警察官は、交番内の面々を見回した。「で、今日は一体何が――？」

「長年勤めた刑務所に頭を下げたのを見て、私を仮釈放された前科者だと勘違いしたらしく、彼らから脅迫されてね」

奥村は数日間の出来事を語り聞かせた。アパートまで尾行され、金銭を要求されたこと。行く先々まで付き纏われたこと。馬鹿なまねをやめさせようとした眼鏡の少年が暴行を受けたこと――。

話をするうち、マサとタケシの顔が強張っていく。今度は本当の泣き顔になっていた。

「前科者なら恐喝されても警察に駆け込まない――。そう思って標的にし続けたんだろう」

「悪質ですね」

壮年の警察官が二人を睨みつけると、奥村はうなずいた。

「じゃあ、まあ、後はよろしく頼むよ」

6

奥村は眼鏡の少年と通りを歩いていた。建ち並ぶビルに切り取られた茜空が目に染みるほどの夕日を照り返している。

「――驚いたか？」

「え？」眼鏡の少年は立ち止まらずに訊き返した。「何が？」

「殺人の前科者じゃなく、刑務官だったことに」

「……全然。だって知ってたよ」

「知っていた？」

「うん」

「本当か。いつ？」

「おじさんが僕の家を追い返されているのを見たときから」

僕の家――？

奥村は歩を止めた。眼鏡の少年も立ち止まり、振り返った。彼の眼差しを真正面から受け止める。

「まさか君の名前は――」

「秋葉。秋葉正（ただし）」

驚きのあまりとっさに言葉を返せなかった。しばらく少年の目を無言で見返した。

「……秋葉死刑囚の息子、か」

「そう。おじさんが出てきたあの家、僕の家だからね。お祖母ちゃんがおじさんを怒鳴ってるのを見て、あ、もしかしてお父さんの死刑を執行した人じゃないか、って、思った。僕ら、人殺しって罵倒されることはあっても、罵倒することなんて今までなかったから」

雪が舞う公園で会った夜、秋葉少年は、自分のことを仮釈放された殺人の前科者だと思って相談に現れたのだと思った。だったら期待に応え、彼の親と同じ殺人罪で服役した者として話を聞いてやろう、と決めた。まさか自分の父親の命を奪った刑務官だと知っていたとは——。

だから前科者に成りすまして判決を言い渡される恐怖を語ったとき、秋葉少年は口元に苦笑いを浮かべたのだ。

当夜の会話が蘇(よみがえ)ってくる。あれは殺人の前科者と受刑者の息子との会話ではなく、死刑を執行した刑務官と死刑囚の息子との会話だったのか。ならば言葉の意味合いが変わってくる。

秋葉少年は父親の死刑を知り、執行に関わった刑務官に死刑の是非を尋ねていたのだ。

——被害者遺族にとっても、加害者家族にとっても、死刑は区切りなんだよ。

そう言っていた彼は、父親の生活ぶりや執行直前の様子を聞き、死刑が正しいことなのか、迷いはじめた。安易に結論を出すより、現実を知った上で悩むことは大事ではなかろうか。

「最初会ったときに、何か変だなとは感じたんだけどね。ほら、おじさん、三角点通りの喫茶店でバイトしようとしたでしょ。出所したのに刑務所の近くで働きたい元受刑者なんて、いないと思うし」

「公園で君と話したとき、私は殺人の前科者を装っていた。やっぱり刑務官じゃないかも、とは思わなかったのか？」

「……思わなかったよ。確信してた。だっておじさん、死刑囚がどんなふうに連れ出されたか、話したじゃん。僕、知ってるよ。死刑囚が収容されるのは拘置所でしょ。死刑執行施設があるから。で、普通の受刑者が収容されるのは刑務所。おじさんが本当に普通の受刑者なら、死刑囚の暴れる姿は見られないでしょ。僕が高校生だと思って適当言いすぎ。死刑囚と房で話したなんて言うし」

秋葉少年の洞察力に感服し、奥村は苦笑した。

他県の刑務所と違い、札幌刑務所は死刑執行施設を有している。だが、例に漏れず、死刑囚は刑務所には収容されない。敷地内にある拘置支所に収容され、執行時はそこから移送される。

「でもまあ、おじさんが正体を隠したいなら、僕は知らないふりをしようかなって」

奥村は後頭部を掻いた。「職業を隠して死刑囚の話をするには他に方法がなくてな。私を殺人の前科者と信じて君が話しかけてきたのだと思い込んでいたから、なおさら」話すうちにふと気づいた。「さっき警察官が現れたとき、何も言わなかったのは――」

「僕が庇う必要はないでしょ。おじさんが刑務官だって告白したら、信用されると思ったしね。正体、早く明かしてほしくて」秋葉少年は子供らしい笑顔を見せた。「マサとタケシの驚く顔が見たくてさ。泡食ってたよね」

「私を前科者だと信じ込んでいたわけだからな。君はなぜあんな二人と行動していたんだ」

「……お父さんの死刑が執行されたって聞いてさ、刑務所での様子とか、誰かに聞きたくなったんだ。そのときはまだ、死刑囚は刑務所に収監されてるって思ってたから、出所した人に聞いてみようって。もしかしたらお父さんを知ってるかもしれないでしょ。でも一人だと怖いし、ネットで知り合ったあの二人を誘ったんだ。お父さんのことは隠したかったから、目的は黙ったまま」

「そうしたら二人が暴走しはじめた？」

「うん」止められなかったことを後悔しているように、しばし下唇を嚙み締めた。「出所した人に、『死刑囚と一緒だった？』って僕が訊いたら、『死刑囚は拘置所だ。俺は知らん。刑務所の話はしたくない』って。怯えてた。その姿がマサとタケシにはカモに見えたんだと思う。だから、前科者ですよー、って叫んで……後は前に話したとおり」

「そうか。君が泥沼に沈む前に引き返せてよかった。交番じゃつらい事実も聞かせてしまったが……」

秋葉少年はうなずいた。そして夕空に目を向けると、横顔を見せたままぽつりと言った。

「おじさん、お祖母ちゃんの言葉、気にしないでよ」

「え？」

「人殺し——って。お祖母ちゃんもさ、刑務官が訪ねてきて、反応に困ったんだよ。怒らなきゃ、耐えられないこともあると思うしさ」

「それでも私は死刑に加担した」

「お祖母ちゃんさ、言ってたよ。雄二は取り返しのつかない罪を犯した、被害者や遺族の方に申しわけない、命で償うしかない、って。死刑が執行されたって知ったとき、肩の荷が下りたみたいになってさ。区切りがついたんだよ」秋葉少年が向き直り、目が合った。「でも、刑務官を前にしたら、感情が昂ぶってきたんじゃないかな。おじさんは仕事をしただけだよ。罪の意識を感じる必要はないよ。お父さんもさ、感謝してたと思う」

「……それはどうかな」

「信じないの？　じゃあ、これ、見てよ」秋葉少年が鞄から手紙を取り出した。「昨日、遺品を整理してて見つけて、家から持ってきたんだ。次におじさんに会ったとき、渡そうと思って」

奥村は手紙を受け取り、開いた。家族宛ではなかった。

「これは？」

「おじさん宛だよ。四つ折りにされて遺品に紛れてた」

日付を見ると、どうやら死刑執行の数日前に書かれたらしい。生前に家族に送る手紙は厳しく検閲されるし、執行後も日記類は通常渡されないが、目立たなかったので見落とされてそのまま遺族に返却されたのだろう。

奥村は秋葉死刑囚の言葉に目を通した。

> 奥村さんには大変お世話になりました。いつも親身になって話を聞いてくださり、感謝してもしきれません。クリスマスも正月も無事に終わり、そろそろ死刑執行命令が出されそうな予感がします。執行日を迎えてからでは文章をしたためる時間がありませんので、あらかじめ想いを綴っておこうと思います。
>
> 死刑執行日が訪れたら、私は精一杯足掻き、抵抗し、生に執着しながら殺されようと思いま

す。死刑判決を受けてからの私は、教誨師の先生にお話を伺い、宗教に慰めを求め、心の平安を得ました。しかし、平安を得れば得るほど疑問が付き纏い、離れませんでした。

このように安らかな気持ちのまま死刑になっていいのだろうか。私が死に怯えることなく、刑を受け入れてしまったら、遺族の方は納得できないのではないか。そう思うに至りました。

私は平穏な気持ちのまま死んではいかんのです。苦しみ、怯え、罪を悔いながら死なねばならんのです。そうすることで遺族の方は溜飲を下げ、事件に区切りをつけられるのではないでしょうか。ですから私は毎日、考え続けています。家族のこと、罪を犯さなければ味わえたであろう楽しみのこと、将来やりたかったこと――。

考えれば考えるほど、心は掻き乱され、後悔と恐怖が湧き起こります。死ぬのが怖くなります。

死刑執行命令が出されたとき、おそらく私は死に物狂いで生きようとするでしょう。奥村さんをはじめ、刑務官の方々にはおつらい仕事をさせてしまいます。死を拒絶する者を連行し、首にロープをかけなければいけないのですから。申しわけなく思います。しかし、それが私なりの罪の償い方なのです。どうか、生に執着する私を無事、殺していただけるよう、願います。奥村さん、そのことで苦しまないでください。私は遺族の方が納得できる死に方をしたいだけなのです。

刑が執行された後、私の死にざまを遺族の方にお伝えください。秋葉雄二は生にしがみつき、どうか殺さないでくださいと切望し、自身の罪を後悔しながら怯えに怯えたすえ、処刑された、と。

最期の我がままです。どうぞよろしくお願いいたします。

死刑囚は菩薩の心境で死んではならんのです。


綴られた文章を読み、打ちのめされた。何ということだ。長年の教誨で平安を得ていた秋葉が突如暴れ狂った理由が分かった。生に執着するよう、自分で自分を追い詰めていたのか。

奥村は唇を嚙み締め、まぶたを閉じた。奔流のような感情が押し寄せてくる。

当時は刑場で秋葉の死にざまを目の当たりにし、死刑の是非を考えた。刑の執行は殺人行為に等しいと思った。自分は罪深いとさえ思った。罪を悔い、死を覚悟していた模範囚を恐怖のどん底に追い込んだあげく、連行して殺したのだと思った。

違った。秋葉の死にざまは、自分なりのけじめだったのだ。

——死刑囚は菩薩の心境で死んではならんのです。

秋葉の最期の言葉は生涯決して忘れられないだろう。

奥村は目を開けた。血の色の夕日が街を染めていた。

初出

「見て見ぬふり」――「小説幻冬」二〇二二年三月号
「保護」――「小説幻冬」二〇二三年四月号
「完黙」――「小説幻冬」二〇二二年六月号
「ストーカー」――書き下ろし
「罪の相続」――「小説すばる」二〇一六年八月号
「死は朝、羽ばたく」――「小説現代」二〇一四年九月号

＊掲載したものに加筆修正しております。

下村敦史 しもむら・あつし

一九八一年京都府生まれ。二〇一四年『闇に香る嘘』で江戸川乱歩賞を受賞しデビュー。数々のミステリランキングで高評価を受ける。一五年「死は朝、羽ばたく」が日本推理作家協会賞(短編部門)、一六年『生還者』が日本推理作家協会賞(長編及び連作短編集部門)の候補になる。『真実の檻』『サハラの薔薇』『黙過』『同姓同名』『ヴィクトリアン・ホテル』など著書多数。

逆転正義

二〇二三年八月二十五日　第一刷発行

著者　下村敦史
発行人　見城徹
編集人　森下康樹
編集者　宮城晶子
発行所　株式会社 幻冬舎
〒一五一-〇〇五一 東京都渋谷区千駄ヶ谷四-九-七
電話 〇三(五四一一)六二一一〈編集〉
〇三(五四一一)六二二二〈営業〉
公式HP https://www.gentosha.co.jp/

GENTOSHA

印刷・製本所　中央精版印刷株式会社

Printed in Japan ISBN978-4-344-04155-4 C0093

この本に関するご意見・ご感想は、下記アンケートフォームからお寄せください。
https://www.gentosha.co.jp/e/